魔術屍

梅洛琳 著

有這樣一群人，他們毋須借助任何道具，
也不必透過助手的幫忙，就可以輕鬆地變出各種戲法，
不論是分解人體並 重新排列組合 或者 隔空取器官
你問我他們是誰？……姑且稱之爲 魔術師 吧！

目錄

序

魔術師的祕密，不要亂問喔……

「不、不要、不——」一個箱子裡，傳來男人的聲音。

更正確的說法，是箱子裡頭有個男人，而他正被困在裡頭，不斷捶打著箱面。

「噓！西恩，你是個大男人，不應該叫的。」一名外表冷漠，容貌如刀雕似的，五官俊挺的男子，蹲在箱子前面，對著裡頭的男人說道。

「克里夫？是克里夫吧？求求你，不要！」箱子裡的男人，對著外面的男人求饒。

克里夫站了起來，面無表情。「表演已經開始，怎麼能夠讓觀眾失望呢？」

序

「不！」男人哭泣著。

克里夫走到旁邊，桌上放著四、五把劍，他拿了起來，用指尖撫著劍身，鋒利的程度，讓他的指頭在撫過的時候，劃破了肌膚，滲出了血。

「不過，也許我應該感謝你，造成了今日的我。」

「克里夫，不、不要這樣。」西恩知道今日他的成就非凡，甚至稱得上是頂尖、世間絕無的佼佼者，也因為如此，他更加害怕。

「還有什麼話要交代嗎？」克里夫很好心地發問。

「不！」西恩逕自哭泣。

「那麼，我們就開始吧！」克里夫轉過身，對著空無一人的倉庫，想像前方有數百、乃至上千的觀眾，然後進行開場白：

「各位先生，各位女士，歡迎收看今天的魔術表演，今天為你們所表演的是……西恩．皮耶先生。」克里夫握著箱子，甚至可以感受到箱子的顫抖。

「不、不！」

克里夫對著假想的觀眾微笑，然後走到箱子的後面，將劍高舉——刺了進去！劍尖從底部透了出來。

「啊——」傳來一聲尖叫！

克里夫走到旁邊，舉起另外一把劍，再從左邊，刺進箱子裡頭，劍尖穿出右邊，又傳來一聲慘叫，不過這次的慘叫，比剛才虛弱一些。

克里夫拿著第三把劍，悠閒地走到右邊，刺進另外一把劍，劍尖從左邊透了出來。還是發出一聲慘叫，不過像是應付似的，虛軟無力。

克里夫繞著箱子走了一圈，沒有聽到聲音，冷漠的臉上露出了微笑。

「各位先生，各位女士，尚恩．皮耶先生。」倏地，克里夫打開了側邊的蓋子，血液率先流出來，爭先恐後潑灑到地上，緊接著，箱子露出一個身子蜷縮的男子，三把刀從他的頭部跟前、後方插入，他的身子被刺出了好幾個窟窿，血液跟腦漿流了他全身，卻掩不住他臉上的恐懼。

這是克里夫最滿意的一次魔術表演。

第一章　頂尖演出

何黛蓮看著鏡子畫好眉毛，放下眉筆，再取出唇膏，細細描繪她的唇形，而在一旁等待的駱奇亞無事可做，拿起她放在梳妝檯上那封黑色鑲金邊的邀請函，打開來看。

「這是什麼？俄羅斯名魔術師克里夫來臺表演……黛蓮，妳怎麼會有這張票？」駱奇亞訝異地問道。

「也不知道誰寄給我的，就在這個禮拜六的晚上，怎麼樣？要不要陪我去看？」黛蓮轉過頭來，她已經梳妝打扮好了，原本就秀麗的外表此刻更為亮眼，很容易吸引異性的眼光。

「妳不是只有一張票？」駱奇亞揚起手中從邀請函裡抽出來的票。

「另外一張票可以去買呀！」

「來得及嗎?」

「你人面廣，買張票應該不是問題吧?要不然就上網看看，如果是貴賓席的話，應該還有位置。」貴賓席通常價格比普通席高昂，沒有點財力的人是不願意去購買的，不過對駱奇亞來說，這點錢不算什麼。

「嗯，我回去看一下好了。」

「走吧!」何黛蓮站了起來，拿起放在一旁的名牌皮包，挽著他的手，準備出門，這時候，她的手機卻響了起來。

何黛蓮鬆開駱奇亞的手，將皮包裡的手機拿了出來，然後聽到她以英文跟對方交談‥

「什麼?不，沒有，他沒有跟我聯絡，沒，好，沒關係，再見。」

「誰打來的?」駱奇亞將邀請函放到何黛蓮的梳妝檯上。

「以前一個朋友不見了，他的家人打電話過來，問他有沒有跟我聯絡，我說沒有。」

第一章　頂尖演出

「什麼朋友？男朋友嗎？」

「你在吃醋嗎？我是你的未婚妻喔！再說，誰知道你以前有多少女人，我都沒有問，你這樣不太好吧……」何黛蓮邊說，邊把房門關上，而那張邀請函，則靜靜地放在梳妝檯上。

下個月底，他們就要結婚了，這在商界來說是場盛事。駱奇亞是企業家第三代，家族企業橫跨三大洲，在國際頗富盛名，而何黛蓮也不遑多讓，她是政商名流之後，父親曾擔任外交官，早年喝過洋墨水，到俄羅斯讀過書，現在回到臺灣落地生根。

兩人的相識是由雙方家長介紹，在雙方都保持好感的情況下開始交往，感情日益加溫，直至三個月前他們先訂婚，預計下個月結婚。

擁有雄厚的財力權力及上流的身分地位，他們的人生看起來如此幸福，幸福到令人想破壞。

※　※　※

何黛蓮下了車，鎂光燈就不斷在她身邊閃爍，而幫她開門的駱奇亞，也是眾所矚目的焦點。

男的長得帥氣，女的美麗，再加上他們的身分背景，很容易成為雜誌報紙爭相報導的對象，他們的結合有如王子與公主的童話故事，是如此完美，也有不少人私底下議論紛紛，說這一切只是假象。雙方只是為了家族與利益的結合，才會在一起。

不論如何，他們的交往是事實，也已經訂婚了，接下來的故事，將著重在他們婚後的日子。

兩人和其他民眾陸陸續續走進了表演廳。裡頭是個可容納六千人的空間，表演場地在前方的舞臺，旁邊有兩個巨大的液晶螢幕，可以提供較遠的民眾看到近距離的表演。儘管票價高昂，依舊座無虛席，連可能會有死角疑慮的位置都賣光了。

「妳曾經去過俄羅斯，有看過他的表演嗎？」場上的開場音樂響了起來，駱奇亞仍對著旁邊的何黛蓮竊竊私語。

「沒有，他似乎是最近兩年才出現的。」

「我以前倒是看過大衛的。」

「大衛考柏菲？那個美國魔術師？在臺灣嗎？」何黛蓮驚喜地叫了起來，她同時也是大衛的粉絲。

「不，在美國，他的表演非常精彩，網路上也有流傳。」

「我沒有親眼看到大衛的表演，不過他的表演真的很讓人驚訝！現代當然還有不少著名的魔術師，國內也不遑多讓。不過，讓我最印象深刻的仍是大衛，像飛越大峽谷，還有自由女神像的消失，就很令人難忘。」畢竟她第一次接觸魔術時，就是這位大師。

「我也是。」

無論在亞洲或美國，魔術的神祕，總是引起眾人讚嘆及好奇，多少人欲窺其中的奧祕，卻不得其解，只有身為裡頭的人，才能知道其中的奧妙——不過這通常都不輕易外洩的。而這時候的魔術師，就成為眾人的崇拜。

臺上的燈光熄滅，音樂也停了，全場一陣騷動，須臾，聲音漸漸靜了下來，而場中央不知道從哪冒出來一陣火焰，火焰熄滅之後，走出來一名容貌英挺的男子，正是克里夫。

全場一片嘩然，拍掌聲不絕，直到克里夫把食指放在唇中間，眾人才平息下來。

「大家好，我是克里夫。」克里夫用帶點怪異腔調的國語跟大家打招呼，大夥兒又開心起來。沒想到克里夫這個俄羅斯人，竟然也會使用中文？這樣一來，距離就親近多了。

「很高興能夠來到臺灣，臺灣是我最想來的國家，現在，我終於成行了。」他的恭維讓全場觀察開心不已，有人甚至叫了起來。

「既然大家這麼歡迎我，我也希望大家能有個愉快的夜晚，好好享受這場秀吧！」語畢，他從左側出來的男性助理手中，接過一個大小不到三十公分的箱子，放到地上。

第一章　頂尖演出

打開箱子，從裡頭出現一個金髮碧眼的女人頭顱，緊接著是脖子，她伸出雙手，克里夫將她扶了出來，然後金髮碧眼的女郎微笑著將箱子拿了起來，在現場從右到左走了一圈，亮出箱子底部是空的。

全場都為這精彩的表演震住了，也沒忘了給掌聲，而金髮女郎走到克里夫身邊，將箱子交給克里夫，克里夫從箱子裡頭掏出一塊金色的布出來，將布張開抖動，然後放下，一個黑色頭髮、黑色皮膚，身材火辣的女郎出現了！

「太精彩了！」駱奇亞忍不住給予熱烈的掌聲。

「是表演精彩，還是女人出現精彩？」何黛蓮故意問道，駱奇亞看了一眼未婚妻，嘴邊有著笑意。

「妳比她們精彩多了。」

「貧嘴！」

克里夫瞄了一下臺下那對金童玉女的打情罵俏，臉上依舊同樣的表情，他們就坐在他前面，說沒看到是不可能的。

克里夫將布往地上一丟，兩名女郎從旁邊的其他助理手中接過鐵鍊，一開始就將克里夫綁了起來，克里夫也很配合，做出驚恐的表情，看起來明明將克里夫五花大綁，甚至在最後面加了鎖，但是克里夫扭動著身子，鐵鍊竟然就掉了下來？

而兩名女郎表情不屑，她們又將克里夫抓住，後面的助手推出一個巨大的籠子，裡頭還有一頭獅子，露出陰森的牙齒，正在裡頭走來走去，黑髮女郎二話不說，將他往籠子那邊推，克里夫雖然掙扎，仍然被推到了籠子邊，由旁邊的梯子爬到籠子上面，而由金髮女郎拿起剛才掉在地上的布，遞給黑髮女郎，然後站在籠子前面。

黑髮女郎將布蓋住克里夫，同時也蓋住了籠子，看得出克里夫正在極力反抗，但很快的，掙扎消失了，金髮女郎將布抽走，克里夫已經躺在籠子裡，與獅子一起躺在地上，現場一片驚呼！

這時候克里夫站了起來，他和兩名女郎像是起了爭執，又如演默劇似的，都沒有發出聲音，只是從表情、肢體中看得出來他們正在吵架，爾後，克里夫

第一章　頂尖演出

像是想到什麼，將手伸出了籠子，十指大開，兩手搓揉，搓呀搓……竟然從空無一物的雙手變出一朵玫瑰？

克里夫將玫瑰花交給金髮女郎，金髮女郎見了，眉開眼笑，而黑髮女郎滿臉不悅，克里夫連忙十指緊握，像是在做禱告，等他再度張開，在他的十指上，竟然都出現了誇張的心型戒指！他還特別將戒指讓攝影機好好照個清楚。

黑髮女郎開心地將十枚戒指都從他手上拔了下來，戴在自己手上，開始欣賞起來。

這時候克里夫呼喚著她們，金髮女郎像是不理睬似的，逕自聞著玫瑰，一臉陶醉，黑髮女郎則看著手上的十枚戒指，相當滿意。

克里夫無可奈何之下，只好趁她們不注意的時候，拿起掉在地上的布，往上一提，又往下一放，克里夫竟然站在籠子之外？而且後頭的獅子也不見了！

現場響起如雷的掌聲，克里夫則摟著兩名美女，美女們則小鳥依人般，偎在他的懷裡。

此刻燈光暗了下來，隱隱約約可以看到臺上有人走動，把籠子推開，音樂也減弱下來。

「好精彩。」何黛蓮忍不住讚嘆著，就連駱奇亞也相當折服。

「是啊！」

「我們坐這麼近，還是看不出機關，你有發現哪裡不對勁嗎？」

「沒有，這樣才叫做魔術啊！」駱奇亞笑著。

「如果可以知道機關在哪裡就好了。」

※　※　※

大型魔術之後，中間有些節奏鬆緩的魔術，克里夫利用現場觀眾，請他說出個數字，再請另外一位觀眾上臺，手拿飛鏢，射著場中放置的轉盤，飛鏢不偏不倚，剛好射中前一位觀眾所說的數字。雖然不似前面那個和獅子在一起的畫面緊張，不過也神奇得令人驚嘆！

克里夫甚至還上演了空中飄浮秀，他有如魚兒似的，在空中移動，現場一片屏氣凝神，希望能從中找到破綻，但助理開放讓觀眾上臺檢查，也檢查不出所以然來，克里夫如何飄浮是個謎。

最後簾幕落下，克里夫已經站在臺上了。

「謝謝大家前來觀賞這場秀，在結束之前，我希望能有觀眾上來幫我，那麼，」克里夫將視線落在坐在貴賓席的何黛蓮，「就這位小姐，好嗎？」

何黛蓮又驚又喜，卻又有些忐忑，她不知道克里夫要她幫什麼忙？擔憂地望了駱奇亞一眼，駱奇亞給了她一個鼓勵的眼神，何黛蓮才跟著克里夫，讓他牽著她的手上臺。

站到場中，面對黑壓壓的群眾，何黛蓮開始感到壓力，到目前為止，克里夫還是沒跟她講她要做什麼？

「你在緊張嗎？」畢竟是外國人，腔調總是有點不太一樣，他的問話讓何黛蓮感到詭異起來。

「是。」她邊笑邊說，開始有些顫抖，是冷氣的關係吧？

「放心，我不會傷害妳的。我必須跟現場觀眾澄清一下，妳只是個普通的觀眾，不是我所帶來的人對吧？」

「是的。」

「妳是魔術師嗎？」現場揚起一片笑聲。

「不。」何黛蓮有些尷尬。

「很好，那麼接下來表演的魔術才有意義。」克里夫用手指朝後面一勾，助理收到他的訊息，推出一個箱子出來。

那是個如同人高的箱子，共分五格，上中下三層，中間的箱子兩邊還有兩個箱子，整個箱子如同十字型的標誌，克里夫將箱子轉了一圈給大家看，然後推到何黛蓮的身邊。

「妳知道這是什麼嗎？」他的眼神詭譎。

「嗯……箱子？」

「是的，沒錯，就是箱子。妳知道魔術通常用箱子來做什麼嗎？」克里夫像閒話家常般，跟她聊天起來，一雙眼睛直視著她。

「裝東西？」

現場響起一片笑聲，克里夫環視四周，臉上露出滑稽的笑容。「除了東西之外，什麼都可以裝，是吧？」

「是的。」這時候的何黛蓮相當被動，他問一題她答一句。

「讓我們來看看裡頭有什麼？」克里夫將面對觀眾箱子的蓋子打開，裡頭空空的，什麼也沒有。而且上層與中層、中層與下層連接的箱面不見了，中層與左邊連接，以及與右邊連接的箱面都沒有，外表看是五格，事實上它也可以算一個巨大的十字型箱子。

克里夫問著何黛蓮：

「什麼也沒有，妳要進去裡面看看嗎？」

何黛蓮隱約明白接下來要表演什麼了，身子感到僵硬，臉上仍保持笑容，搖了搖頭。

「不。」

「沒關係，都上來了，就進去看看吧！」克里夫鼓吹著她。

「不……」

「這位小姐需要一點掌聲。」克里夫對著全場的觀眾說道，全場報以熱烈的掌聲，在這樣的氣氛驅使下，如果她再不進去的話，可能就引起全場噓聲了。

何黛蓮不得不走了進去，克里夫請她將雙手放在兩邊的箱子上，然後立刻以極快的速度，將蓋子蓋上，只留下頭的部分。方才第一場表演的女助理們，立刻將鎖鎖上。

何黛蓮驚訝地看著他們，臉上露出惶恐。「你們想做什麼？」

「只是要表演魔術而已，親愛的。」克里夫看著她，他微熱的氣息噴在她的臉上，讓她起了雞皮疙瘩。

表演魔術是沒錯，可是有必要將她關起來嗎？而且事先也不打聲招呼，這讓她對接下來的表演感到畏懼。何黛蓮求救地看著臺下的駱奇亞，他正一副興味的看著這場秀，完全不知道接下來他會面對什麼事？

克里夫注意到他們的視線交流，他望了望何黛蓮，又看了看臺下的駱奇亞，走到場下，以輕鬆的口吻問道：

「你們是男女朋友嗎？」隨即他將身上的小型麥克風交給駱奇亞，讓全場能聽到他的聲音。

「她是我的未婚妻。」

「哇！非常好。你了解你未婚妻的每一部分嗎？」克里夫拿回麥克風，以逗趣的口吻問道。

「應該吧！」他們已經認識這麼久了，況且在眾人面前，也是需要面子的。

「你真的了解你未婚妻全身的上上下下嗎？如果我將她拆開來，你還認得出她來嗎？」克里夫輕鬆的口吻，眼神卻銳利起來，不知為何，駱奇亞感到不舒服，他的眼神帶點敵意，又帶點輕視，他跟他並不相識啊！為什麼會有這感覺？

「記得拼回去就好了。」駱奇亞淡淡地道。

他知道接下來要表演什麼，也認為克里夫會有安全措施，他總不會自己砸了自己的名聲吧？入場時手冊上就寫著最後一場是分解的魔幻秀，只是沒想到會找觀眾上臺而已，而且剛好找上何黛蓮。

現場揚起一陣笑聲，克里夫也回到臺上，走到何黛蓮的身邊，將左右兩側的箱子都蓋了起來。於是，何黛蓮等於整個人除了頭顱之外，其他的部分都蓋在箱子裡。

※　※　※

「放輕鬆，親愛的，我不會傷害妳的。」克里夫走到何黛蓮的耳邊，輕聲地對她道，他的語氣只讓現場眾人認為他在安撫何黛蓮不安的情緒，全都屏氣凝神起來。

何黛蓮知道他不會傷害她，在眾目睽睽之下，他能對她做出什麼事？但是心底莫名的湧上恐慌，她的人進入這個箱子，手腳困在裡面，能做什麼？她相當無助。

應該沒事吧？是的，沒事，她安慰著自己。

「放輕鬆，我的女孩，放輕鬆，很快，一切都會沒事的。」克里夫注視著她，一瞬間，何黛蓮覺得那雙虎視眈眈的眼睛，好像在哪裡看過……

四周響起音樂，緊接著，克里夫從女助手的手中接過兩片鋼片，大小和長寬剛好適合箱子的側面，他將它們彼此敲擊，發出鏗鏗的聲音。

為了讓觀眾明白鋼片的鋭利，現場甚至準備了西瓜，克里夫拿起鋼片，剖了下去！濺起紅色的汁液。

現場響起一片驚呼！這是真的鋼片，應該說是鋼刀，克里夫要做什麼？

金髮助理拿出白布，將鋼片上面的汁液擦乾淨之後，走到何黛蓮的身邊。

何黛蓮惶恐地看著這一切。

來了！終於來了！

他要做什麼？他真的要插進去她的身體裡面嗎？她既不是魔術師，也不是他的助理們，她為什麼會站在這裡？她剛剛如果反對的話，他還可以找別人的吧？

何黛蓮恐懼地吞嚥唾液，但無法消除她的緊張，然後，她感到箱子微微的震動，然後某種堅硬而冰冷的片狀物體將她的手臂活生生地割開，她張大了嘴巴！

為什麼這不會痛？為什麼？但是……她可以感到她的兩隻手臂被尖銳的片狀物體擠壓切入，她的手，已經被削了開來。

現場一片屏氣凝神，眾人看著克里夫再從黑髮女助理的手中拿過鋼片，再插進另外一個西瓜裡頭，表示鋼片沒有造假，緊接著金髮女助理將鋼片擦拭乾淨之後，他站到何黛蓮的後頭。

一陣銳利的感覺從脖子後方襲來，還有她的腰部，她可以感受到鋼片進入到她的肉裡面，劃破她的皮膚，割斷她的血管、神經、肌肉，一寸一寸的……鋼片擠壓她的肉體，將她分開，除了被擠壓得相當難受外，絲毫沒有痛覺，為什麼？

他要做什麼？他想做什麼？何黛蓮已經害怕了，她想離開，但是現場這麼多人，她如何求救？她能尖叫嗎？她……真的被切開了？何黛蓮感到恐懼，雙眼含淚，卻不知道要怎麼說？她看著臺下的駱奇亞，他正目不轉睛看著她被人家肢解。

兩名女助理又各自拿了兩片鋼刀出來，同樣的，克里夫又利用水果來表示鋼刀並非造假，將鋼刀擦拭乾淨後，他站到何黛蓮的面前，對她微微一笑，由前方將鋼刀插入她的脖子、腰際，還有左、右臂，然後轉過身，揚起手來，全場觀眾爆出如雷的掌聲。

「不不不，」他以英文阻止了掌聲，繼續用中文說道：「還沒有結束。」隨即他走到何黛蓮的身後，將她的頭抬了起來。

是的，他提著只有她的頭的箱子，放到地上。

何黛蓮可以感到她的頭顱在動，她的手、她的腳也還有感覺，但是為什麼她的頭在地上？而她的身子卻在比她高的地方？

由於裝著頭的箱子的蓋子是打開的，所以眾人可以清清楚楚看到何黛蓮的表情，有的覺得好笑，有的覺得疑惑，紛紛議論起來。

而此刻克里夫將裝著何黛蓮的手的箱子，也拿下來放到地面，並把屬於她的軀幹的部分，拿了下來，再將原本屬於何黛蓮腳的部分，放到何黛蓮的軀幹上面，現場響起一片驚疑，不再輕鬆、不再有趣。

那名女郎，真的被切割了嗎？

望著現場的反應，克里夫揚起了笑容，他將所有面向觀眾的蓋子打開，讓他們清清楚楚看到何黛蓮的頭顱、手、腳、軀幹，是真正分開的。

「你們以為這樣就結束了嗎？不，還沒有。」克里夫提著何黛蓮的頭，放到她的右手上面，而她的左手，則放在她的雙腳上面，腳下卻是身體的軀幹，整副景象看起來既恐怖，又如同在夢境中，現場不再歡笑，反倒起了驚恐的聲浪，開始陣陣私語。

而在底下的駱奇亞也感到噁心，看到自己的未婚妻被人家這樣肢解，任誰都會不舒服吧？

而克里夫像是玩上了癮似的，又將兩隻手的箱子放到地上，將何黛蓮的頭放到她的腳上，而腳下則是她的軀幹。

那是種很詭異的感覺，通常脖子下面是軀幹，軀幹下面是雙腳，而雙手則在兩側，但現在她的手在地上，雙腳在軀幹的上面，她的人，等於被重組過，而且還大剌剌地被人看，這讓她非常不舒服。

克里夫走了過來，將麥克風移開，避免全場聽到他的聲音：

「親愛的，這樣的滋味如何？妳喜歡嗎？」這時候他不再是那個幽默風趣的魔術師克里夫，而是不知道從哪個地方冒出的魔物，正分解著她的身體。

何黛蓮想哭，可是克里夫的動作比她更快，他蓋上了她的臉的箱子，放到地上，將所有的箱子都蓋了起來，他隨意亂排列組裝，就連觀眾也不知道何黛蓮的身體和頭顱究竟排在哪裡？

駱奇亞感到不安，這是什麼樣的魔術？如果黛蓮和克里夫有合作的話，那也就罷了！但是他從來沒聽過黛蓮和克里夫有什麼樣的關係，他們也沒有時間彩排過，除非黛蓮沒告訴他這一切。

他感到不安，腳開始動了起來，而舞臺上的克里夫從舞臺的上方招下來鐵勾，勾住箱子前後兩側，然後十根鐵勾勾住所有的箱子起來，到半空中的時候，所有的箱子忽然冒出火花！接著，不見了！

所有的人屏氣凝神，然後，簾幔落下，足足有一分鐘，眾人確定表演結束，才給予熱烈的掌聲！

第二章　真正的魔術

「真是太有趣了！」

「我從來沒看過這麼精彩的魔術！」

「最後一個魔術是怎麼表演的？為什麼那個女的身體被切開了，還可以動？」

「要是被你知道的話，那還叫魔術嗎？」

眾人離開表演廳，紛紛表達自己的意見，只有駱奇亞還坐在貴賓席上。他在等，等著何黛蓮從舞臺中間，或是後方出來。

所有人都走光了，現場的燈也一個一個熄滅，清潔工都出來掃地了，還是沒有何黛蓮的影子。

「先生，不好意思，我們要關門了。」表演廳的工作人員走了出來，對他客氣地道。

「我在等我未婚妻。」

「你已經等很久了，你何不先到出口等待，她若出來的話，我再請她到出口找你。」

駱奇亞豁地站了起來！冷著臉道：

「你們的魔術師把我未婚妻叫到舞臺上，然後把她分解，現在又變不見了！應該是他出來把我的未婚妻還給我，而不是我要出去吧！」

「是、是！」工作人員被他的氣勢一嚇，整個人都傻了。

駱奇亞深吸一口氣，問道：

「魔術師呢？」

「他走了。」

「什麼？」駱奇亞大吃一驚！

第二章　真正的魔術

「他的表演結束，明天就要搭飛機回去了，所以人已經走了。」工作人員再爆出這個消息。

克里夫走了，那何黛蓮呢？他還沒將他的未婚妻還他，他想帶她去哪裡？駱奇亞感到憤怒，顧不得他的身分，他一把抓住工作人員的領子，厲聲問道：

「他人在哪裡？」

「在外面。」被他一威脅，工作人員顫巍巍地指著他剛剛出來的方向，駱奇亞追了上去。

他就知道，一定有問題！在克里夫走到他身邊時，那種奇異的眼神，他就應該知道有問題了，那像是仇視，又如同敵意的眼神，為什麼現在才發現呢？該死！

駱奇亞追了上去，這個通道位於表演廳左側，他看到黑髮女助理已經換了便服，他過去抓住了她。

「克里夫呢？」他急得大叫！

黑髮女郎驚愕地望著他，駱奇亞不知道這個非裔女人聽不聽得懂他的話？只能不斷重覆克里夫的名字：

「克里夫呢？我要找克里夫，克里夫。」

黑髮女郎恐懼地看著他，大概聽得懂他的意思，指了指外頭，馬路上停著幾輛車子，還有一堆人正在搬運東西，駱奇亞放開了她，往前走去，不斷找著克里夫的身影，終於讓他在一群講話的人當中找到了他。

看到駱奇亞走了過來，殺氣騰騰，所有的人都望著他，只有克里夫好整以暇，似乎知道他會到來。

「人呢？」克里夫一副無辜的表情，駱奇亞生氣的道：「少來，我知道你聽得懂中文！剛剛跟你一起表演最後一個魔術的女人呢？你把她帶到哪裡了？」

克里夫皮笑肉不笑，淡淡地回答：

「我不知道。」聲音鋒利如同黑夜裡的強風。

其他人見氣氛不對，先行離開。

第二章　真正的魔術

「人是你挑的，也是你在變魔術，現在她不見了，把她還給我！」他氣急敗壞。

「很抱歉，我不知道你在說什麼？」

「你在胡說什麼？你當著大家的面把她分割……我不知道你是怎麼變的？但是你得把她完整地還給我。」想到黛蓮在眾人前被分裂，他就感到不舒服。

「我只是負責魔術，不負責你的人。魔術已經表演完了，我也該走了。」克里夫拍了拍停在他們旁邊的大貨車，裡頭有著不少道具。

「把她還給我！」

「如果你要找人的話，應該去報警，而不是找我。魔術已經結束了。」克里夫走到貨車的副駕駛座旁邊，跳了上去，車子準備開走了。

「克里夫！」駱奇亞激動地喊了起來！

克里夫瀟灑地跟他揮了揮手，然後跟旁邊的司機指示，一行人包括三臺大貨車從表演廳離開，只剩下駱奇亞一個人在黑暗的路上徬徨無助。

他的未婚妻，到哪裡去了？

※　　※　　※

這是什麼？這是夢吧？

何黛蓮張開了眼睛，眼前仍是一片黑暗，她動了動雙手，很好，還有知覺，那麼她的腿呢？她踩了踩地，嗯，腿也還能動，那她的左手想要握住她的右手，為什麼只摸到一片硬梆梆的東西？像是她的手被困在一個箱子裡面，何黛蓮動了動右手，同樣的狀況也發生在她的右手。她想要摸摸自己的臉，卻摸不到？

為什麼？為什麼她沒辦法摸自己的臉？她的手碰到的盡是一片牆面？

眼前忽然像被掀開，落入夜色的光線，她可以看到有個人蹲在她的面前，是克里夫？

克里夫揚起了笑容，那笑容顯得十分邪惡，她不由得打了個冷顫。

「妳還好嗎？黛蓮。」

第二章　真正的魔術

他怎麼知道她的名字？何黛蓮驚訝地望著他，從他的口中吐出她的名字，彷彿他們早已熟識。

「這是怎麼回事？」她看不到她的手、她看不到她的腳！

「沒什麼，只不過我們……」他頓了頓，「相聚了。」

相聚？他在說什麼？她根本不認識他呀！為什麼說是相聚？到底怎麼回事？她看不到她脖子以下的軀幹、四肢，她看不到……恐懼從腳底襲來，冷得她直打顫，但，她看不到她的腳。

「你對我做了什麼？」

「我對妳做了什麼？就如同妳對我做了什麼。」

「克里夫，這幾個箱子還要搬嗎？」透過克里夫的雙腳，她可以看到有人在他身後，用著俄羅斯話問他。克里夫的身子擋住了她看到外頭的機會，也阻擋了人家看到箱子裡頭的東西。

「不用了，這些東西我來就可以了。」

對方離開之後，克里夫又轉過頭來，手伸進箱子裡，摸著何黛蓮的臉，何黛蓮想要拒絕，卻被他恐嚇著：

「妳能逃到哪裡去？」

是啊！她的確無處可逃。她的頭頂就是箱子，她的左右可以看到箱面，她整顆頭顱，還在箱子裡！一陣詭異襲身，何黛蓮不禁打了個冷顫，而她的身子，現在不知道在哪個箱子？

克里夫將蓋子蓋上，搬了起來。

※　※　※

總統級的套房裡頭，整間房間裝潢得典雅華麗，配合著貴賓的需求，飯店將這間套房設計成維多利亞風，有著濃濃的俄國風味，而克里夫正在裡頭，將他親手搬上來的箱子放好，而左右兩邊，也緊緊扣住。然後，他將面對著自己的最上面那層箱子的蓋子打開，何黛蓮的頭露了出來。

突然照進光芒，何黛蓮無法用手遮住眼睛，只好先將眸子閉了起來，半晌，她能適應之後，才將眼皮打開，而此時，克里夫仍站在她面前。

「你、你想對我做什麼？」身子仍感受到切割的餘韻，光滑的鋼片切進她的脖子、腰際和四肢，原先的冰冷已被溫熱取代，但，她為什麼還能呼吸？

「我怎麼捨得對妳做什麼呢？我的黛蓮。」

「你在說什麼？」

「忘了嗎？妳全都忘了嗎？我的好黛蓮，妳真的全部都忘了。」克里夫走近她面前，左手伸進箱子，抓住她的頭顱，狠狠地吻了起來。

唔……這是什麼？一點也不溫柔，一點也不懂得憐香惜玉，他像是處罰似的，狠狠地凌虐她的嘴唇，甚至用牙齒啃咬，她的唇瓣被他吸得又腫又痛，甚至嘗到血液的味道，她被他咬破唇皮了嗎？何黛蓮幾乎無法呼吸，就在她感到缺氧、幾欲暈厥的時候，克里夫才突然離開，讓她大口吸氣。

等到氧氣進入肺部之後，何黛蓮指責地道：

「你、你怎麼可以……這樣對我？」她連話都說得斷斷續續。

「這只是一部分罷了，我現在就讓妳慢慢地品嘗……我嘗過的滋味。」克里夫將她的頭搬了起來，然後，隨著他擺放的音樂共舞。

他帶著她跳舞、帶著她旋轉，何黛蓮清清楚楚看到自己的身子及手腳正在另外一邊。她的手緊張地攀住箱子，卻無力掙脫，腳也不停跺著。恐懼、駭然不斷籠罩著她，就像漁網似的，緊緊地將她裹住。她得清醒著，忍受身首異地的滋味。

不知道是因為驚恐，還是因為他的旋轉，何黛蓮感到暈眩，不斷地叫著：

「不、不要！住手、住手！」

「不要？確定嗎？妳不喜歡這樣嗎？」

「不！」何黛蓮哭泣了起來。

「妳不是最喜歡成為舞會中的女主角？妳不是喜歡引人注目？今天的滋味怎麼樣？有多少人將目光放在妳身上？」

何黛蓮只是哭泣，沒有手可以擦拭，克里夫將她的頭放在床上，走到其他的箱子面前，打開中間軀體的箱子，嘲諷地說道：

「這副曼妙的身體，誘惑了多少人？」他上下其手，撫過了她的胸部，噁心感湧了上來，他又將裝腳的箱子的蓋子打開，「這雙潔白的大腿，讓多少男人摸過？」他手伸了進去。

明明她的腳離她身子有三尺遠，但她可以感受到他的手在上面撫觸的感覺，冰冷、粗糙，甚至覺得猥褻，但她逃不開，只能任憑他上下其手。

「不要！」她落下淚來。

「還有妳的唇，」他趴到床上來，「讓多少男人吻過？妳自以為美麗，在我看來，妳有如毒蠍，利用妳的美貌，玩弄男人而已。」

「不！」她連擦淚都沒有辦法。

「妳只是個卑劣的Ｘ子！人盡可夫的ＸＸ！還裝什麼高潔？騙子！妳是最無恥、下賤的女人！」

「你為什麼這樣說我？為什麼？」何黛蓮哭叫了起來！

「還是沒有辦法喚醒妳的記憶嗎？黛蓮？真的，完全沒有辦法記起來嗎？那麼，這樣會不會讓妳有點印象？」他的右手抓著自己的臉皮，慢慢地、慢慢地撕了下來。

何黛蓮睜大了眼睛，不可置信地看著眼前的景象，他像撕去面膜似的，輕易地撕開膚色的外表，露出裡頭的紅色肌理、浮動的血管，沒有了皮膚的遮蔽，俊逸的外表底下是赤裸裸的容貌，紅白相見的血肉大剌剌地和她打招呼，上頭還有些黏呼呼的體液，額頭上端還連接著頭髮，何黛蓮感到快吐了。

「一點印象都沒有嗎？」他朝她走了過來。

「不要！」何黛蓮哭喊了起來！她閉上了眼睛，不敢去看他的容貌。

「看到了嗎？這是最真實的我，妳不是想看嗎？看呀！」克里夫大吼了起來！上下排的牙齒上下搖動，像是隨時要咬了上來！

「不要！拜託你——不要！讓我回去！」老天！她為什麼不死了算了？如果在舞臺上死亡的話，就不用忍受這種恐懼了吧？

第二章　真正的魔術

「讓妳回去那個男人的身邊嗎？他是誰？妳下一個犧牲品嗎？」

「不要，為什麼、為什麼要這樣對我？」何黛蓮不斷哭著，在另一端，她的兩隻手也激動地抓著箱子，腳也想要跑開，她可以感受到手的感覺，還有腳的動作，但他們卻是離她這麼遠，她怕她一用力的話，整個身子都散了。

克里夫可以把她的身子毫髮無傷地切開，她卻沒辦法自己拼湊。

「我只是將妳給我的，加倍地還給妳而已。」克里夫冷冷道，沒有了皮膚遮蓋，她看不出任何表情。

他在說什麼？為什麼這麼怨恨？她到底對他做了什麼？

「拜託，求求你，不要這樣。」如果她不來看魔術表演就好了，如果沒有上臺就好了，那個時候，她為什麼不拒絕？可是現在……已經來不及了，何黛蓮相當後悔。

「砰砰砰！」

門口突然響起敲門的聲音，克里夫望了一下門口，又看了床上的何黛蓮的頭顱，最後，他將他手上那層皮蓋上他的臉頰，就像變臉似的，他又恢復了那個俊逸帥氣、顛倒眾生的克里夫了。

克里夫走到門口，以英文問道：

「是誰？」

「是我，開門。」一個女人以英文回答，對於受過高等教育的何黛蓮來說，聽懂英文並不是難事，但她該怎麼求救？

「有什麼事嗎？」

「開門！我知道莎莉在裡面，莎莉，出來！」外面的女人憤怒地拍打著大門，再這樣下去的話，恐怕其他的人會被她引過來，克里夫只好打開房門，站在門口擋住她。

「菲碧，什麼事？」他問著這有著非裔血統的黑色皮膚女郎問道。

「我知道莎莉在裡頭，你跟她準備睡覺是不是？」菲碧生氣極了，她捶打著克里夫，克里夫抓著她的手，冷冷道：

第二章　真正的魔術

「菲碧，搞清楚，不要破壞規則。」

菲碧憤怒地看著他，望著他那冰冷的雙眸，她知道他生氣了，但是，他怎麼能夠這麼無情？在昨天和她濃情蜜意之後，第二天又找上別人？

「叫莎莉出來！」就算她沒辦法獲得他全部的注意，她也不要他的身體有別的女人。

「莎莉不在這裡。」

「少來，我明明就有聽到女人的聲音。」她站在門口很久了。

「沒有什麼女人。」

「胡說！」趁克里夫不注意的時候，菲碧突然推開克里夫，往裡頭跑了進去，然後大叫：

「莎莉——」

所有的聲音凝結在喉頭，菲碧驚駭地看著擺在床上的頭顱，這個女人……這個女人不是今晚最後一場魔術秀時，被克里夫邀請上臺協助的人嗎？為什麼她會在這裡？而且只剩下一顆頭顱？

望向旁邊的箱子，她可以看到緊張的身子和雙手，甚至那雙腳還在不斷地跺步。

菲碧感到暈眩，呼吸困難。「這是怎麼回事？」

祕密被發現之後，克里夫將門關上，並鎖了起來。

「噓！這是魔術的祕密，妳忘了嗎？」他和這些助理、工作人員，全都簽下了保密合約，誰也不得洩露出魔術的祕密，菲碧是他的貼身助理，知道的細節比其他的工作人員多了那麼一些，但不代表她們就知道全部。

「可、可是……」菲碧驚駭地看著何黛蓮，看到她的頭在箱子裡面，竟然還能活著，驚訝不已。

在舞臺上這樣的表演，還有不少的機關和技巧，他們也要經過排練之後，才能在場中央呈現給觀眾。但是在他的房間，在這什麼工具也沒有的地方，何黛蓮的頭顱和她的身子是分家的。

菲碧想要嘔吐，她驚訝地想逃出房間，克里夫擋住了她。「等一下，妳不是想要進來嗎？怎麼這麼快就要走了？」

「克、克里夫？」她的雙眸露出害怕。

「來看看，是不是有妳不知道的機關？你們不是一直很想知道我所有的祕密嗎？來。」他帶著菲碧，抓住她的雙手，逼她的手抓住了箱子。「妳是不是在想，床鋪是不是挖了個洞，而她正在裡頭？」他抓著她的手，將何黛蓮的頭抬了起來，兩個女人驚恐地四目相對。

沒有，除了頭顱之外，其他什麼也沒有。

「妳是不是在想，這是不是假人？或者機器？」克里夫放下箱子，將菲碧帶到何黛蓮的身子旁邊，伸手進去，用力抓了一下何黛蓮的胸部，而在床上的何黛蓮立刻叫了起來！

即使身首異處，感覺卻是連結的。

「還是，這一切只是場幻覺？」克里夫強迫菲碧伸出手，去摸著那單獨在箱子裡的手掌，是溫熱的，像是摸到半截還在蠕動的毒蛇似的，菲碧將手縮了回來。

菲碧感到害怕，但又逃不出房間，她只能躲到角落，睜著一雙害怕的大眼，身子不斷地抖動。

「既然身為我的助理，妳一定很想了解這一切吧？」克里夫斜睨著她，菲碧無措地哭了起來。

「不、不。」

「還是妳也想跟她一樣，進到那個表演箱？」克里夫一說，菲碧立刻哭喊了起來⋯

「不要！」

「哈哈！哈哈哈！」

看到她們的驚恐，讓他感到暢快，克里夫仰頭大笑，笑聲連綿不絕，笑得人頭皮發麻。

現場響起兩名女人的啜泣及嗚咽聲，她們因為驚恐、害怕，不敢哭得太過放肆，唯恐惹怒了克里夫，會有更恐怖的報復。

約莫是笑夠了，克里夫止住了笑意，對菲碧說：

「現在，快走吧！但是妳要保證，出了這間房間之後，什麼都不能說出去，要不然，妳就跟她的下場一樣。」克里夫指著旁邊的黛蓮，菲碧驚慌地連連說是，連滾帶爬地跑了出去。

菲碧出去之後，現場一片寧靜，就連何黛蓮也忍住哭泣，因為她知道哭泣沒用，她得想辦法，才能逃出去。

只是怎麼逃？是頭先出去還是腳先出去？

克里夫確定再也不會有人進來之後，站到她的面前，冷冷地道：

「今晚，妳就跟我在一起吧！」

※　　※　　※

到底是怎麼回事？她為什麼會把自己陷入這樣的局面？

蓋子是被蓋上的，就算她張開眼睛，看到的也只是一片黑暗，她索性閉上眼睛，思索著一切。

他為什麼要找她？他對她，似乎有什麼怨恨？但是她沒跟人結怨啊！她承認她和駱奇亞都樹大招風，有時會引來他人的怨妒，但是他不像是普通的羨妒，而是深層的怨恨，而且獨獨對她，為什麼？

她實在想不起來她和他有什麼交集？除了他是從俄羅斯來的，她也在俄羅斯留過學，她不知道他們還有什麼關係？

時間過了這麼久，她已經分不清是晚上還是白天了，她昏昏欲睡，又醒了過來，有時候，她會以為那場魔術是場夢，又或許她還在夢裡……

啪！

蓋子被打開了！克里夫抱著她的頭，朝她的唇又是狠狠的一吻，既不輕柔也不體貼，全然不是情人之間的接吻，他既然那麼恨她？為什麼還要吻她？何黛蓮並沒有被他迷得意亂情迷，也沒有頭暈目眩。

知道這張表皮下的真實面目，她很難為他著迷，只是不停掙扎著，連裝置手腳的箱子都動了起來。

許久，克里夫才放開她，將大衣脫了下來，丟到床上。

何黛蓮知道他現在正在生氣，心情十分不好，她不敢去招惹他，只能默默地看著他，反正她現在什麼也做不了。

拿起飯店送的紅酒，將液體倒在杯子上，克里夫則鬆開手，讓酒瓶自動倒酒，何黛蓮看得目瞪口呆，等克里夫鬆開領口的釦子，酒也倒得差不多了，他才將酒瓶握住，然後放到桌上，拿著酒杯就口。

「看來，妳還得繼續跟我待在這裡了。」他冷冷地道。

何黛蓮沒有回答，克里夫逕道：

「說我的簽證有問題？哼！」他輕笑起來。「簽證有問題？我看是那個海關有問題，我的簽證是國際通行的，怎麼可能有問題？」他走到何黛蓮面前，叉著腰道。「不過沒關係，既然得到妳了，其他的，就不是問題了。」

「發生什麼事了?」她虛弱地問道。

「我暫時不能回去,沒辦法回到俄羅斯,這樣一來,後面的行程都延誤了,我還是得留在臺灣。」除了克里夫之外,還因為攜帶大型動物進來,被境管局出面干涉而全團留下來,這在以前是沒有發生過的事,表演團的公關被搞得焦頭爛額。「妳高興嗎?妳還是可以留下來!」

不管是在臺灣還是俄羅斯,對何黛蓮都沒有關係,她的身子被困在克里夫的身邊,怎麼也掙脫不了,何黛蓮哀求著:

「拜託!克里夫,放我走。」

「不行!」

「為什麼?為什麼要這樣對我?」

「也許這句話,應該是我問妳,」克里夫端著酒杯,走到她的面前,「妳還沒有想起我是誰嗎?我在妳的眼中,真的那麼一文不值嗎?」

他到底是誰?何黛蓮完全想不起來。

第二章　真正的魔術

「等到妳想起我是誰的時候，再來要求我。」

他用力將裝著何黛蓮箱子的蓋子蓋上。

第三章　消失的未婚妻

「成功了嗎？嗯，好，非常謝謝你，什麼？那當然，答應你的事情我一定不會忘記，再見。」駱奇亞放下話筒，身子靠在椅背上，手裡還夾著未盡的雪茄，他將它放到菸灰缸上，站了起來。

藉由他的干涉，讓這群俄羅斯表演團暫時留在臺灣，無法回國，克里夫一定沒料到吧？

他在政商之間的關係十分良好，只要他一句話，事情都能辦得妥妥當當。只是克里夫雖然留下來了，但接下來他該怎麼做呢？

他非常肯定，何黛蓮一定在克里夫的手裡，她被他叫到臺上，表演著肢解的魔術，精湛到叫人找不出破綻，在眾目睽睽之下，他帶走他的未婚妻。

想到何黛蓮，他就感到焦灼，他是真的對她有感情，兩人家世背景相當，也非常聊得來，他對她真的動了心，三個月前訂了婚，昭告天下，所有的報紙都是他們的新聞，甚至還上網路的國際新聞，結果現在竟然……

他拿起桌上的資料，那是他在昨天離開表演廳之後，要人去調查克里夫和他身邊所有人的資料，而對方也相當有效率，資料在早上送來。

克里夫今年二十八歲，父母雙亡，由親戚撫養長大。聖彼得堡大學肆業，中間有一段時間是空白的。兩年前突然在魔術界竄起，由於他表演的魔術獨特，震撼效果十足，讓人目不轉睛，成為炙手可熱的新生代魔術師。

而聖彼得堡大學是何黛蓮去俄羅斯留學時所讀的大學。駱奇亞皺了皺眉頭，這有什麼關聯嗎？

再繼續往下翻，看到他身邊的女助理，金髮莎莉和黑膚菲碧，都是平凡的人物，一個來自美國，一個來自非洲小國，都在克里夫的身邊幫忙。

還有一個跟在克里夫身邊學習魔術的契斯特，面容單薄，頭髮微鬈，眼神似乎總是透露著不滿。他們是跟在克里夫身邊最近的人，其他的工作人員也有資料，但並不值得特別注意。

女助理啊！他對她們非常有印象，或許可以從她們身上下手。

※　　※　　※

來到了臺北知名的飯店，同時也是克里夫和他的團員下榻的地方，駱奇亞走了進去。

他知道克里夫住在哪裡，但他不急著去找，他率先向莎莉住的房間樓層過去，她和菲碧住在同一間。

按了電鈴之後，裡頭有女人用英文問道：

「是誰？」隨後門打開了。

出來的是莎莉，金髮碧眼，明眸朱唇，一個有如洋娃娃的女孩子，見到駱奇亞時，眼睛一亮，隨即輕聲地問道：

「有什麼我可以效勞的嗎？」

「莎莉嗎？」他也以流利的英文與她對答。

第三章　消失的未婚妻

「是的。」莎莉對這名外貌英挺的東方男子頗有好感。

「我昨天看了魔術秀，妳的表現非常的亮眼。」

「謝謝。」

「我可以進去嗎？」菲碧如果也在裡頭，也許可以一起發問。

「可以呀！」

駱奇亞走了進去，裡頭除了莎莉之外，沒有其他的人。駱奇亞環視四周，她們的房間看起來並沒有特別的不對勁，駱奇亞轉身說道：

「謝謝妳的好意，我有幾個問題想請教。」

「什麼問題？」

「昨天的魔術，最後一場魔術秀，就是叫人進去箱子裡頭，然後用刀子將人分開的那個魔術……」駱奇亞話還沒講完，莎莉忽然警覺起來，這個人是來調查魔術祕密嗎？

「很抱歉，無可奉告。」

「不，我想要知道的，只是那個進到箱子的女人，她跑到哪裡去了？她是我的未婚妻，我必須找到她。」

「未婚妻？抱歉，我不知道。」

「人是從舞臺上消失的，到現在還沒有下落，妳知道她現在在哪裡嗎？」

「不知道。」

「我必須找到她，請妳告訴我她在哪裡。」駱奇亞的和藹不再，眼中透露著無比的決心。

「不曉得，我真的不知道。」

「妳跟克里夫這麼熟悉，一定知道她的下落。」

「不，我只是他的助理，不代表知道一切。更何況，這一行是不能隨便過問的。」看來莎莉並沒有表面看起來那麼純真。

「請妳告訴我黛蓮在哪裡？妳一定知道什麼。」

「我什麼都不知道，就算我知道，也不能告訴你，這牽涉到商業機密……我只能說，最後的魔術秀是由克里夫一手策劃的，我也是頭一次看到他完成這樣的手法。我也不明白，不論你問誰，都不可能知道答案。」

「真的？」

「真的，你對你的未婚妻這麼情深意重，她真是個幸福的女人。不過很抱歉，我什麼都不知道。」

「抱歉打擾妳了。」既然對方都已經把門打開了，駱奇亞也不想逼得太緊，他走到門口，打開房門，見到菲碧站在門口，一動也不動。

「菲碧？」莎莉看到菲碧回來，叫著她的名字。

菲碧直直地看著他們，半晌都沒有講話，覺得她的舉動有些怪異，駱奇亞出聲問道：

「菲碧小姐？」他伸出手，碰到了她，菲碧往後倒了下去，莎莉忍不住大叫起來！

「啊！」

「怎麼了？發生什麼事？」

旁邊房客跑了出來，有不少是表演團的工作人員，也有幾個臺灣本土的旅客住在這裡。他們看到菲碧倒在地上時，和菲碧熟悉的表演團成員都跑了過來。

只見菲碧吊著眼白，她皮膚黝黑，所以眼睛睜得大開的時候，眼眸和皮膚的黑白顯得特別詭異，更何況她全身抽搐著，不停抖動，嘴巴張開，像是要嘔吐似的，然後，從她嘴巴吐出了——

撲克牌？

黑桃J、紅心七、梅花三……一張接一張的吐出來，她的手沒有放到嘴裡，而看起來空洞的嘴巴，竟然硬生生吐出了數十張的撲克牌。彷彿她正在用身子的力量，將肚子裡的牌一張張的吐出來。

「喔！我的天！」

莎莉不可置信地顫抖，就連駱奇亞也不可思議地看著菲碧，眾人都不知道該怎麼辦。

等到她吐完了所有的牌之後，再也沒有動彈，菲碧躺在地上，死了。

現場驚恐起來，有人準備去報警，而駱奇亞站在菲碧面前，他知道，他少了一個可以問話的人了。

※　※　※

飯店起了一陣騷動，飯店為了不影響其他客人，請警方從後門進出，並封閉樓層。除了調查屍體之外，檢警還有詢問現場的人，而跟菲碧同住一間的莎莉，當然也受到了調查。

「嗯，這個……那個……」被派來向莎莉詢問事情的洪國政，見到金髮碧眼的洋娃娃時，開始口吃起來。

「如果你有什麼問題的話，我可以代為翻譯。」駱奇亞站在莎莉身邊說道。

「啊！你會講英文啊？」洪國政鬆了口氣，「你是哪位啊？為什麼會在這裡呢？」

「我是來找我未婚妻的。」

「你的未婚妻？」洪國政看了看駱奇亞，眨了眨眼，隨後叫了起來：

「啊！您是駱奇亞先生是嗎？您好，您的未婚妻怎麼了嗎？」駱奇亞和何黛蓮的照片時常上報，叫人沒印象也難。

「昨天我和我的未婚妻來看表演之後，她就不見了。所以我過來請問莎莉小姐有沒有看到她？」

「為什麼您的未婚妻不見，您要來問她呢？」洪國政相當不解。

「因為最後一場表演的時候，魔術師請黛蓮上去協助表演，表演完之後，黛蓮就不見了，所以我才過來問助手莎莉小姐知不知道她的下落？」

「原來是這樣，不過失蹤的事，您為什麼不找警方呢？」

「還沒滿二十四小時的話，警察不受理吧？」駱奇亞譏誚地道：

「更何況她是個成人，警方會受理嗎？」

「也是啦……」洪國政尷尬地點了點頭，「那麼，可以請您幫我問這位……」

洪國政看了看旁邊的洋娃娃，「莎莉小姐，她跟死者是什麼關係？」

第三章　消失的未婚妻

駱奇亞用英文跟她解釋之後，莎莉嘰哩呱啦了一堆，駱奇亞才跟洪國政道：

「她們是表演的夥伴。」

「那事情發生的時候，她人在哪裡？」

「這一點我可以回答你，我們就在這裡。」

「還有其他的目擊者嗎？」

「這裡所有人都是目擊者。」

「這樣啊……那……為什麼死者周圍都是撲克牌呢？」這是令洪國政百思不解的地方。

「如果你去問別人的話，他們都會給你同樣的答案，撲克牌是從菲碧的嘴巴中吐出來的。」

「啊？」洪國政眼睛瞪得大大的，「她也是魔術師嗎？」

駱奇亞詢問莎莉，她又講了一堆，駱奇亞翻譯著：

「不，菲碧跟她都只是克里夫的助理，她從來不知道菲碧可能會是魔術師這件事。」

「會不會她在嘴裡藏了牌？」

「然後在死之前吐掉嗎？」駱奇亞諷刺地道，這話說的洪國政臉上一陣青、一陣白。

「如果還有其他問題的話，我再請兩位協助，那麼，告辭了。」語言上的不利，再加上駱奇亞那散發出來的優越，讓洪國政這種身分普通的平凡人感到自卑，連忙腳底抹油。

尋找黛蓮的事，只好暫時告一段落。

而菲碧的死狀也令他印象深刻，為什麼撲克牌會硬生生從她口中吐出？如果菲碧不是魔術師，不可能變出這種魔術，難不成她是在練習魔術的時候失手，才會導致死亡？撲克牌硬生生從她喉頭吐出，就像她的嘴巴真的藏了撲克牌，但是她藏在哪裡？喉嚨裡嗎？

第三章　消失的未婚妻

黛蓮在表演的過程中消失，菲碧在吐牌之後死亡，一切——都跟魔術有關。菲碧的死亡，會跟黛蓮有關嗎？

莫名的，他起了顫慄。

在他的認知裡，魔術只是一種技巧、一種手法，甚至是一種障眼法，讓人猜不透，搞不清楚為什麼會這樣？他一直深信那一定有方法，甚至機關，在操縱著這一切。

可是黛蓮的肢解，還有菲碧的吐牌，都讓他無法運用正常邏輯找出答案。

※　※　※

警方將屍體帶走之後，原本就無法回國的表演團體，在菲碧死後，全部都籠罩在一股低迷的氣氛當中，而契斯特對於菲碧的死亡，更摻著複雜的情緒。

「契斯特。」

是克里夫？契斯特慌亂的將道具收了起來，如果讓克里夫知道他又在練魔術的話，他一定會生氣，一定會的。

外面傳來敲門聲，契斯特東躲西藏，東西來不及收好，最好乾脆全部都放到衣櫃裡，然後才整整情緒，打開了門。

「克里夫。」他虛弱一笑。

克里夫走了進來，甩上門板。白皙的臉蛋上有著冰冷的眸子，如同鑽石般耀眼，卻也無情。

「你偷偷練習了，是吧？」

「沒、沒有。」契斯特冷汗涔涔，不敢看他。

「那菲碧是怎麼回事？」

契斯特低著頭，蒼白著臉，不敢言語。跟在克里夫的身邊已經一段時間了，他也在努力地練習魔術，卻總是技不如人，所以到現在為止，他還是沒有辦法上臺。

「你拿她練習嗎？」克里夫瞇著眼，用犀利的目光打量著他，契斯特不敢說謊，連忙解釋：

「那是個意外。」

「哦？」克里夫等他說下去。

「我本來試著練習將牌從我的身體裡面拿出來，你知道的，就像你上次從我的體內，取出東西的那個表演。」那次的表演，他躺在一張下面什麼也沒有的板凳上，側身對著觀眾，由克里夫從他體內取出繩子、絲巾等的那場魔術。

觀眾以為他們利用什麼技巧，讓表演看來格外逼真，唯妙唯肖。只有他知道，在表演之前，克里夫在他的肚子上不斷搓揉，然後將繩子、絲巾慢慢從肚子的地方塞了進去，等上臺表演時再取出來。

或有人以為真，或有人以為假，但對他來說，每次演出那樣的表演，都是一場痛苦。

他的痛苦讓克里夫成名，但他為什麼不自己表演呢？

「然後呢？」

「然後菲碧她闖了進來，看到我的手還在肚子裡頭，她嚇了一跳！還說我跟你一樣，都是惡魔……」契斯特定定地看著他，「我知道，她一定發現我們的祕密了。我怕她出去後亂講話，威脅她不得說出去，沒想到她不斷大叫，我為了讓她住嘴，只好把牌塞到她口中，沒想到回去之後就死了。」他忘不了當菲碧看到他時，臉上那個驚恐的表情。

克里夫沉默起來，他盯著契斯特，把契斯特看得心虛起來，別過臉去。

「你應該知道，我們是真正的魔術師，跟世界上那些靠著技巧及機關愚弄觀眾的騙子不一樣。」

「我知道。」契斯特虛弱地道。

「保護好祕密是你的責任，你竟然還發生這種事？讓警方的注意力轉到我們身上，你不知道這對我們是多大的威脅嗎？」

「我知道。」

像他們這樣真正的魔術師，世界上沒有幾個，在真真假假、假假真真的虛幻手法裡，隱藏著他們的真實能力。和其他搞花樣的魔術師在一起，他們自認

第三章　消失的未婚妻

為比他們高竿。

「知道的話，為什麼還會出意外？威廉是這樣教你的嗎？」克里夫不悅地道。

在那件事之後，他遇到了威廉——一個讓世人以為死於接子彈的魔術師。為了逃避其他魔術師的追殺，他故意表演死在舞臺上。

假死後的威廉在周遊列國時救了自己，克里夫在他身邊學到了魔術的精髓，而在此之前，契斯特就跟在威廉身邊學習，只是契斯特的資質沒有他那麼好，學習始終停頓，於是克里夫後來居上，成為首席大弟子。

「你最好小心一點，要不然我沒有把握，你是不是適合留在魔術師這一途，到時候……」就淪落成他的工具。

契斯特扭絞著雙手，冷汗涔涔。

「是。」

克里夫站了起來，走了出去。

※　※　※

契斯特不甘心，明明他比克里夫早接觸魔術，為什麼克里夫的成就卻比他高？這一切，都是那個威廉偏心！

會認識威廉，是因為七歲那年，他和家人走失之後，在路邊啼哭，被威廉發現，才把他帶走，從此以後，他就沒有再見到他的家人。

威廉曾對他講，他曾為了增強戲劇效果，將自己假扮成中國人，化名程連蘇，後因同行相妒，他無法在魔術界生存，只好假裝死亡，以避免被暗殺，後流浪到俄國。

只是沒想到，克里夫竟然更為威廉重用！契斯特就算不甘、埋怨，又能如何？威廉還是沒將精華教給他，都教給了克里夫。

他們的魔術，是在現代社會中為了生存而衍生出的職業。

是的，要是在這個以科技掛帥的二十一世紀當中，大剌剌地宣告自己擁有超現實力量的話，輕者讓人恥笑，重者失去性命，還要小心被出賣，像程連蘇就是一例。

更何況在十六世紀的時候，對女巫的迫害到了大屠殺的地步，連魔術師也被連累，差點失去性命。

所以，後來的魔術師都相當低調，所有的魔術都有所遮蔽，籠上一股神祕的色彩，不能大剌剌地呈現。

雖然他們和巫師還是有所不同，但血液中都有著不可思議的力量，有的能透過學習而成，像他這種平平凡凡的人，只能學到皮毛，而克里夫那個人，威廉卻說他是百年難得一見的奇材，傾囊相授。

他明明比所有人都更努力呀！為什麼？

妒嫉和憤恨蒙蔽了他的心，對克里夫藏著敵意，所以他不斷練著魔術，希望有一天可以超越他。

即使將物體塞入肚中，再伸手進去拿出來，必須忍受極大的痛苦，他也願意忍受。

只要有一天，他可以超越克里夫的成就！

「契斯特先生嗎？」

有人在旁邊，利用英文與他對談，契斯特抬起頭來，見到是名挺拔的東方人。在臺灣這塊土地上，他並不認識多少人，對方不但主動向他開口，還用流利的英文與他交談，他有些訝異。

「我是，你是哪位？」這裡是飯店的餐廳，此時正是下午茶時間。

「我是駱奇亞，上禮拜六晚上的魔術，我有去觀賞，你們的表演非常的棒。」駱奇亞恭維地道，契斯特卻是懶洋洋的。

「喔？是嗎？」他的語氣嘲弄。

「難道你不覺得嗎？」駱奇亞抓著他的反應詢問。

「再怎麼棒，也是克里夫吧？」他受不了又一個人在他面前不斷稱讚克里夫，就像去美國巡迴表演時，他到酒吧去，一個美女認出他是契斯特，卻滿口稱讚克里夫。

克里夫、克里夫，世人的眼裡永遠都只有克里夫。

「事實上，我認為你也很厲害。」

「是嗎？你又沒有看過我的表演。」他的表演少得可憐，通常都是開場替克里夫暖身，不讓氣氛冷下來罷了！更何況這次的臺灣之行，他根本沒有上場的餘地，其他人哪來機會認識他？

「不，我知道你的表演，你曾經在新加坡表演過，將牌塞進肚子，那段表演非常精彩。」

契斯特一愣，沒想到有人知道他的魔術？

在克里夫的光環之下，他苟延喘息，私底下接了新加坡富豪的邀請，表演將撲克牌一張一張地塞進肚皮裡，表演是成功了，那段表演也透過 YouTube 在網路播放，有人認為是真的，有人認為電腦造假，因為透過鏡頭呈現的畫面，難保不動手腳。

不論如何，他的名氣逐漸傳了開來，不過也被克里夫罵到臭頭，說什麼他的功力不到家，還在外面亂來。

他覺得很不滿，他在爭取成名的機會，卻被克里夫罵到一文不值。

「那不過是個小魔術。」他的語氣平淡，聽不出來是欣喜，或是其他情緒。

「你可以更加發揮的，我是指在魔術這塊領域上。」

「有了克里夫，還需要我做什麼？」此時，濃厚的妒忌味湧了上來，駱奇亞補捉到什麼訊息，揚起了嘴角。

「你可以比他更有名聲。」

「更有名聲？算了！」契斯特拿起桌前的高腳杯，將杯底的暗紅色物體一飲而盡。

「我可以幫助你。」

「幫我？」契斯特睨著眼瞧他，「你是誰？為什麼要說出這種話？」

「還記得上個禮拜六，你們在這裡表演時，克里夫不是從觀眾席上選出一位觀眾上臺和他一起表演嗎？那個女人是我的未婚妻。但表演結束後，她沒有回來，直到現在還下落不明。」

契斯特訝異地看著他，他並不知道這件事。「你找我的真正用意做什麼？」

「如果你可以幫我找出我的未婚妻，我可以幫你比克里夫更有名聲、更有地位。」駱奇亞提出條件，契斯特不可置信地看著他。

「你說什麼？」

「我要找回我的未婚妻，而你可以得到名聲，尾隨而來的是財富，這不是很棒嗎？」

「我不能確定。」

「你可以的，這是我的名片。」駱奇亞將他的名片交給了契斯特，正面是中文，反面是英文。「你可以去查查我是什麼人，能不能給你這方面的資源，條件很簡單，我只要我的未婚妻回來。」

駱奇亞定眼瞧著他，他和克里夫的眼神都一樣，同樣都令人發麻。

「我、我又不知道你的未婚妻在哪裡？」如果他做不到，豈不是什麼都沒了？

「她一定在克里夫的手上，幫我找到她，你就可以坐享名利。」

很大的誘因，同時也可以給克里夫一擊，契斯特心動了。

「如果我找不到她呢？」他必須評估可能的風險。

「那你就什麼也得不到。」駱奇亞嚴肅地道。

「但是，她也不一定在克里夫的手上呀！」契斯特焦急起來。

「她的失蹤，一定跟他有關。我的耐心不夠，你好好想想，要不然我要去找別人了。」駱奇亞說完，站了起來，轉身離開。

望著離去的駱奇亞，契斯特拿著他的名片發呆。

第四章　魔術師的祕密

有這麼好的事嗎？只要幫他找到人，就可以得到他想要的一切？契斯特蠢蠢欲動，躍躍欲試，但又怕答應了之後找不到他的未婚妻，那他豈不是什麼也沒有，還得罪了克里夫？

懷著鬼胎，他來到了克里夫的房間，側耳傾聽，沒有動靜。

克里夫不在房間，剛剛看到他跟莎莉在餐廳用晚餐，他才上來，那麼，房內應該沒人了。

他的手放到門上，隱隱聽到裡頭傳來聲響。那是一種很詭異的聲音，悶悶的，像是女人的聲音，窸窸窣窣，像是在講話，又似在啜泣，克里夫的房間有人嗎？他疑惑起來。

門是關上的，他打不開，他動了動手把，裡頭的聲音停止了。

克里夫是神祕的、不可解的，就連待在他身邊這幾年，也沒辦法很透澈地了解這個人，連帶他周遭的事物都染上詭異的氣息，契斯特隱約可以聽到裡頭有人在呼喊，不過因為語言的關係，他不是很懂。

「你在做什麼？」

「啊！克、克里夫！」契斯特轉過身，驚駭得差點連下巴都掉了下來，他趕緊辯解：

「我是來找你的。」

「你剛剛不是在餐廳看到我，怎麼會來這裡找我？」克里夫冷冷地道，他也看到他了。

「啊……這個……」契斯特眼眸亂轉，不知道該說什麼才好？背後的汗都流了下來，他正思索著脫身之計，克里夫又道了：

「不要想探聽我的祕密，契斯特，我知道你想超越我，不過，」他的嘴角浮出冷然的微笑，「你沒那個條件。」

第四章　魔術師的祕密

被克里夫這樣一說，契斯特顏面盡失，臉色發白。

這就是克里夫，總是一再貶抑自己、壓制自己，他對克里夫的怨恨越來越深，看著克里夫進到房間，契斯特發誓，一定要他後悔。

駱奇亞的話再度在他心中響起，契斯特走上前，這次他將耳朵貼近，仔細聆聽裡頭的聲音。

※　　※　　※

「嗨！黛蓮，一個人在這裡寂寞嗎？」

克里夫走進房間，打開表演箱的蓋子，何黛蓮兩眼凹陷，臉色極差，久未進食的她，神色絕對好不到哪裡去。

事實上，她根本不感到飢餓，也不感到口渴，有的只是無邊無際的害怕及恐懼。她不知道自己是因為這層關係，所以才沒有生理上的需求，還是當克里夫把她的身體切斷時，也把她所有的感覺都切斷了？

何黛蓮的頭被放在床頭櫃上，身體放在窗戶旁邊，手則放在梳妝檯上，腳被關到衣櫃裡了。

「喔！克里夫，你到底想怎麼樣？」何黛蓮哀切地問道。

困在這狹小的箱子裡，她無法逃脫，也沒有手腳可以幫忙，只能待在這狹小、悶熱的箱子。箱子一定有設計通風孔，要不然她無法呼吸到空氣。可是，她所吸進的空氣，到哪裡去了？

「妳說呢？甜美的黛蓮。」克里夫摸著她的臉頰，大姆指撫弄著她的唇瓣，那是已經失去色澤的花瓣。

「為什麼？為什麼你要如此對我？」何黛蓮哭泣起來，這已經是她不知道第幾次哭泣了。

「妳還沒有想起來嗎？黛蓮。」

「到底想起什麼？」

「俄羅斯聖彼得堡大學，二〇一一年的聖誕節，西恩所舉辦的派對，妳還記得嗎？」克里夫將臉湊了過去，何黛蓮的思緒回到那一年，歡樂的派對，她玩得很盡興，那麼……

「克里夫？你是那個克里夫？」她叫了起來！不敢相信。

「是的，我是那個克里夫，妳想起來了嗎？殘忍的女神。」克里夫的語調冰冷，看著他的眼神，何黛蓮無法將他和那個懦弱的克里夫連起來。

「怎麼會？」她睜大了眼睛，哭得妝都花了的她，臉上有著眼影的痕跡，此刻又睜大著眼睛，看起來有幾分滑稽。

「我能有今天的成就，全拜妳所賜。」

「喔，克里夫！」何黛蓮心涼了起來，如果是那個克里夫，那她是沒有希望可以逃出去了。

因為那個克里夫，在她年輕而放肆的歲月，是個被嘲弄的對象。

那時候的她完全沒有感覺，因為她年輕、貌美，父親當時是外交官，她又會說多國語言，在學校很吃得開。那一年……

※　※　※

西元二〇一一年的耶誕節，聖彼得堡大學裡充滿了熱鬧而繽紛的氣息，所有的學生都忙著打扮，準備參加晚上各種公開或私人舉辦的耶誕舞會。男的無一不卯足全力，將自己帥氣英挺的一面表現出來，而女孩們也精心打扮，希望能在自己的心上人面前，展露她們最美麗的一面。

聖誕節跟情人節一樣，都是吸引異性的好節日。

而西恩這個美國外交官之子，和來自臺灣的女孩何黛蓮，在同儕之中顯得特別亮眼，不論外貌和身家，都足以相配，所以很自然地走在一起。

西恩在自宅舉辦的派對，吸引了大部分人前來參加，他所發出的邀請，幾乎百分之百的客人都來了，而沒被邀請的則相當飲恨。

瞧，偌大的客廳當中，擠滿了上百人，男男女女高聲歡笑，或甜蜜、或親熱，這是個足以使年輕人放肆的日子。藉著節日之名，徹底瘋狂一番。不過有時候，會太瘋狂一點。

「黛蓮，妳覺得今天怎麼樣？」西恩長相英俊，金髮白膚，對何黛蓮十分有好感，也不掩飾情感。

「很熱鬧，看來今天會是個很棒的派對。」

「這都是為了妳。」

「為了我？」何黛蓮驚訝地看著他。

「當然了，妳是我們的女王，今天所做的一切，都是為了妳。」西恩摟住了她，他舉手，彷彿臣子將天下呈現在女王眼前，何黛蓮也感到得意和驕傲。

「謝了，西恩。」從小到大，她備受尊寵，即使在國外也是一樣。

「那今天晚上可以到妳房間嗎？」西恩低下頭，在她耳邊輕語，何黛蓮微露驚訝，輕捶粉拳，嬌嗔：

「討厭！」看來並沒拒絕的意思。

「可以嗎？」他語氣曖昧。

「好啦！」音未落，兩個年輕人帶著克里夫走了過來，他們大叫著：

「西恩、西恩！」而被他們捉住的克里夫，緊張害怕地想逃跑，那兩個年輕人——傑克和費蒙緊緊捉住他，將他帶到西恩和黛蓮面前。

「怎麼了？」西恩微蹙著眉，他的這兩個好友太不識相了。

「這個，」傑克將克里夫往西恩面前一丟，「我們剛剛聽到，這個克里夫說……」

「沒有！什麼都沒有！」克里夫漲紅了臉。

「他說他喜歡黛蓮啦！」費蒙高聲喊了起來，不僅西恩和黛蓮，四周所有的人都轉了過來。

幾乎所有的人都知道，西恩和黛蓮是一對，像是國王和皇后，就算不少人對他們傾慕或崇拜，也不敢公開。而這個克里斯，倒是頗有勇氣，在大庭廣眾下承認對女王的愛意。

克里夫看著周遭，恨不得挖個地洞鑽進去。

他也不過跟他幾個好友，偷偷說著自己對黛蓮的愛慕，傑克和費蒙就大叫一聲！冒了出來，像是抓著犯人似的，將他拖到西恩和黛蓮面前，故意要給他難看。他雖然極力掙扎，免得丟臉，可還是被抓過來了。

「克里夫？」何黛蓮驚訝地望著他，他是他們班上的學生，但她從來沒有注意過他。

「我、我……」

「你喜歡黛蓮？」西恩瞇起眼睛，銳利的眼神箭矢似的，彷彿要射穿克里夫的心臟，克里夫心虛地低下了頭。

「對啊！也不想想黛蓮是什麼樣的人，只有西恩才能和她在一起，他竟然不惦惦自己的斤兩，就說自己喜歡黛蓮。西恩，你說，這是不是很可笑？」傑克走到西恩身邊，讓場上所有目光都集中在克里夫身上。

西恩看著克里夫，這個害羞、自卑，甚至有些自閉的男孩，竟然肖想他的女人，真是不知好歹。

「我想，他沒有搞清楚自己的身分。」一個卑微的平民，怎麼跟他這個外交官的兒子相比？克里夫連在聖彼得堡讀書，都還是靠獎學金呢！典型的書呆子，發邀請函讓他來，是讓他看看上流社會的光景，不是讓他來搶自己女人的。

克里夫望著四周，有人同情，有人訕笑，更多的是嘲弄，他感到暈眩。

他也不知道怎麼會這樣？他喜歡一個女孩，只是偷偷地、悄悄地，喜歡一個美麗的女孩，這樣也不對？彷彿他的愛戀是個罪惡，他感到惶恐不安，想要逃開，卻被費蒙阻止。

「想去哪？」西恩不滿地道，他走到克里夫的身邊。

「沒、沒有。」克里夫不敢看他。

「你喜歡黛蓮是嗎？也不去撒泡尿照照，癩蝦蟆還想吃天鵝肉，你有沒有搞清楚狀況？」

「西恩！」黛蓮走了過來，站到西恩身邊，「我們不該為一個男孩子愛著我而生氣，不是嗎？」她將手放到西恩的肩上。

「黛蓮！」西恩仍感到妒意。

這是相當微妙的心理，他喜歡這個女孩，她的光采、她的耀眼，讓不少人喜歡她，他也知道這個事實，也很享受，因為這個女人是他的，這樣證明了他比她優越。

就像一個女王，她的子民都愛戴她，但如果有男人在大庭廣眾下，訴說自己愛著她時，就是在跟他挑戰了，這讓西恩十分不舒服。

眼前的克里夫，已經成了他的假想敵。

「你喜歡我嗎？」黛蓮不知是故意還是有意，竟然對著克里夫拋媚眼，克里夫驚訝於她的主動，又不敢相信。像他這個身分、地位、權勢都比不上他們的下層百姓，他也不奢望何黛蓮會愛上自己，但就是無法克制不斷滋生的感情。

克里夫低著頭，不敢看她，卻還是輕輕點了點頭。

群起一陣嘩然，克里夫閉上眼，不敢面對他們。會承認的原因，是因為他沒有辦法否認；會承認的原因，是因為他的心底，還有一點點非常微薄的、小小的渴望，她會因為憐憫而愛他。這只是希望罷了！

「喔！你有多愛我呢？」黛蓮柔媚地道，她的臉上看不出生氣的表情。

「我、我可以把我的心給妳。」克里夫完全為她痴狂，他看著黛蓮絕豔的臉蛋，腦海都被她占據，已經無法思考了。

「喔！讓我看看你的心吧！」驀地，她將他的衣服撕開，胸前的釦子飛了出去，露出裡頭的內衣。

「哈哈！」

「哈哈哈！」

四周響起笑聲，而西恩也知道他頑皮的女王在做什麼了。

「是啊！讓我看看你有多喜歡黛蓮吧！」迅雷不及掩耳，他蹲了下來，一把脫掉克里夫的褲子，克里夫只有穿著內褲，站在大眾面前，非常惶恐。

現場傳出一片驚呼聲！更多的是訕笑，克里夫站在場中央，嘲笑從四面八方襲來，他感到暈眩，抓住褲子，想要逃跑，傑克跟費蒙卻抓住了他。

「等一下！不要走那麼快嘛！」

「讓我們知道你對黛蓮的心有多火熱。」費蒙抓住克里夫，傑克則將他所有可遮蔽的衣物全部脫掉。

「不、不要！」克里夫不斷掙扎，傑克已經將他的內褲脫了下來。「不！」

男孩子們哈哈大笑起來，女孩子則又有趣、又不好意思，想看又不敢看，全場無論男男女女，全部都在譏笑，笑聲匯聚的聲浪，將他推向了絕望的漩渦，越來越深。克里夫感到暈眩，等他的衣物全部脫光，赤身裸體之後，費蒙才將他放開。

費蒙放手之後，克里夫遮著自己的重要部位，求救地望著四周，沒有人幫他，沒有人……就連他的女神，也在嘲笑，她在笑、她在笑……

他的心開始裂開，黛蓮啊……他的愛、他的全部，他是多麼自卑，只能偷偷在角落看著她，期盼她一點點的愛憐。結果，她跟眾人一樣，嘲笑著他、戲弄著他。

黛蓮……他心痛地呼喚，但她只是瞄了他一眼，有輕視、有不屑……連一點點的憐憫都沒有。

克里夫想要跑，傑克和費蒙擋著他，他們捉住他，轉著他的身子，讓他在場中央不停地旋轉，然後跌躺在地上。

「好有趣喔！」

「你看他，跟猴子一樣。」

「哈哈！」

猴子？他是猴子？對，他是猴子，被他們戲弄，被他們玩耍，克里夫感到心痛，感到顏面盡失。

「走！到外面去對黛蓮表達你的熱情吧！」西恩抓起了他，往外面走去，十二月的聖誕節，外面冰天雪地，克里夫從暖和的環境，被一下丟到外面，寒氣從頭到腳將他包裹，滲入他的毛細孔，凍結了神經，他冷到劇痛。

「不！」

「用你的熱情，融化大地吧！」西恩說著，關起了大門，黛蓮、傑克還有費蒙以及一大堆人，都在裡頭嘲笑。

第四章　魔術師的祕密

不、不要！

他好冷，好痛，除了身體上的冰冷之外，心也痛，為什麼要這樣對他？為什麼？地上好冷，克里夫站了起來，他的身體、頭髮都有著雪跡，他的手腳發抖，除了冷還是冷，他抱著自己的胸膛，不斷磨娑自己的雙臂，雙腿緊縮，不知道該向何處？他想求救，但又不想進到那個令他恥辱的屋子裡。

他只知道，他恨！他恨極了這種狀況，如果他能夠在這個冰天雪地中活下來的話，他一定要報復、報復！

※　※　※

「對不起，對不起……」何黛蓮淚流滿面，回想起所有的事情之後，她知道克里夫的憤怒從何而來了。

「事到如今才道歉，有什麼用？妳脫光衣服，試著在雪地中走兩個鐘頭看看。那種滋味，妳能忍受嗎？妳這個溫室裡的花朵！」克里夫大吼了起來！面子和衣服一樣，都被撕扯得碎裂。

何黛蓮被他吼得心神俱裂，又無法逃開，只能面對。

「對不起、對不起！」年少輕狂，她以為只是好玩、有趣而已，從來不曾想過會造成任何傷害。

「對不起？對不起就夠了嗎？」西恩的派對地點並非在市區，而是郊外，在下著雪的時候，誰會外出？寒冷的天氣，他以意志力支撐回宿舍。「在走路回家的時候，我又掉入了湖底……」

寒冷的天氣，湖面結了一層薄薄的冰，他一時不察就掉了下去。要不是威廉及時發現，將他救了出來，他恐怕早就葬身在裡頭了。

也是在那時候，他第一次見到魔術的神奇。

不藉由任何工具，不藉由任何物體，他整個人像裝了氫的氣球，輕飄飄地浮了起來。那時候，他還以為自己死了。

「在那次之後，我昏迷了一個禮拜，妳以為是誰害的？」克里夫拿起裝著她頭的箱子，往床上一丟。何黛蓮感到暈眩，但意識很快恢復。

第四章　魔術師的祕密

「對不起，克里夫。」

醒來之後，他就看到威廉，並跟他學習魔術，一直到他足以擔當大梁才出來。

「妳想不想知道西恩後來的下場？」克里夫的聲音輕柔起來，拿起箱子，將她抬到與他眼睛同高的位置。

西恩？何黛蓮恐懼起來。

「他怎麼了？」她怯怯地問道。

「妳還會關心他嗎？妳已經是另外一個男人的未婚妻了，還在關心他嗎？」克里夫譏誚地道，將她的頭放到小茶几上，另外拿起高腳杯，他的右手一放，杯子既無吊線，也無人扶，竟然就停在半空中！

克里夫倒了紅酒之後，將酒瓶放下，再從空中拿起酒杯，坐到椅子上，邊啜飲邊道：

「他叫什麼名字？駱奇亞是吧？」從國際報紙還有網路新聞上，他知道何黛蓮已經訂婚了，這也是促使他前往臺灣表演的原因。「他知道妳在婚前跟多少男人上過床嗎？妳這個下賤、人盡可夫的X子！」語畢，他將未喝完的酒杯往地上一摔！酒滴濺到他的臉上。

「不！」何黛蓮開始後悔，為自己以前的輕率感到懊惱。

「我知道總有一天，我們一定會見面，所以不斷地練習妳的語言，來到妳的國家，跟妳見面。」他將頭與她的靠近。

何黛蓮抿著嘴，已經哭花了的臉上，都是淚痕。

「想知道那個西恩的下落嗎？你們那麼親密，妳還跟他上過床吧？那個男人，呵呵呵！」克里夫突然冷笑起來，「妳看過有些魔術師將人關到箱子或竹簍裡，然後用刀子插下去的魔術嗎？」

「你……」

「有的是靠機關，有的是靠柔軟的身體，有的是靠技巧，妳要選擇哪一項呢？」克里夫不知何時，手上多了一把長長的西洋劍，站了起來，高舉劍把，看樣子就要往她的頭一刺！她要死了！何黛蓮閉上眼睛，忍不住叫了起來！

「啊！」

半晌，沒有動靜，何黛蓮張開眼睛，發現劍就在離她的頭不到三公分的地方，她驚魂未定，克里夫又拔了起來，再度一刺！何黛蓮感到她後腦勺的頭髮被他削下幾縷。

她大口喘氣，天知道她的胸部正在劇烈地抖動，她可以從這個地方，看到窗戶旁邊平臺上，自己的軀體不斷顫抖。

看到她的反應，克里夫笑了起來。

「西恩是個很好的練習對象。」從克里夫揚起的邪惡笑容，何黛蓮知道西恩已經凶多吉少了。

她想起來，前幾天西恩的父母確實有打電話給她，說西恩失蹤了，當時她還沒感到事情的嚴重性。

「你這個惡魔！」她雖然害怕，仍咬牙切齒地咒罵。

「不不，妳這樣說的話，撒旦會不高興的。」克里夫似真似假，令人摸不著他的情緒。

「撒旦？」她迷惑了。

「是的，撒旦、惡魔，隨便妳怎麼說。也許有一天，我會變成真正的惡魔，但就算我到地獄，我也會拖妳下水！」克里夫憤恨地道，他指著何黛蓮，激動到差點把裝著她頭的箱子打翻。

何黛蓮不敢再講話，她知道他在憤怒，她知道。

她知道年輕時的她，給他帶來了多大的傷痛，只是會不會知道的太晚了？

克里夫放下劍，空氣中沉悶得令人窒息，何黛蓮不敢大聲喘氣，包括外面偷聽的契斯特。

※　※　※

沒想到克里夫有這樣的經歷，難怪他憤世嫉俗，對什麼人都不滿，契斯特終於明白了。

他坐在自己的房間，不斷發抖，興奮地發抖。

那個臺灣男子——駱奇亞的未婚妻，真的在克里夫的房間裡？雖然他沒有進去看過，不過他可以肯定，跟克里夫說話的那個女人就是何黛蓮，聽她哭泣的樣子，她一定是被克里夫軟禁了。

如果把這個消息通知駱奇亞，駱奇亞又信守承諾的話，那麼，他成功的日子就不遠了。

契斯特激動地站了起來，翻出名片就想撥通駱奇亞的電話。但在號碼輸入到一半時，他又停住了。

駱奇亞會不會說話不算話？他可以信任他嗎？會不會過河拆橋？那他就什麼都沒了。

如果他先救出何黛蓮，再以此要求駱奇亞實現諾言的話，機會說不定更大？契斯特頭腦保持冷靜，心頭卻是越來越興奮。這個成功的機會就在他手上，他不能放手。

那麼，就先把何黛蓮救出來再說吧！

契斯特等待著機會。也許會被克里夫發現，也許不會，他必須抓住機會。

契斯特成天跟著克里夫，裝作若無其事地跟著，終於給他逮到機會了——

洋娃娃般的莎莉勾引著克里夫，克里夫也進了她的房間。克里夫和兩個女助手有不正當關係在團內是公開的祕密，這反而給了他機會，希望這次不會像上次被抓包，他搭上電梯，直達克里夫住的樓層。

來到克里夫的房前，契斯特握住門把，果然鎖住了。

利用手段達成目的，也是魔術師的手法之一。

契斯特拿出一根鐵絲，往鑰匙洞裡攪了會兒，如果他能夠學到克里夫穿牆的功夫就好了，那麼他就可以穿過這道門，直接進入裡面。只是上次施展到一半，就卡住了……

算了，他還是按照平常的方式開門吧。

第五章　掙脫

喀啦！

什麼聲音？

何黛蓮睡了過去，聽到聲響醒了過來。克里夫回來了嗎？又要帶給她恐懼了嗎？那犀利的眼神，這殘忍的手段，無一不凌遲著她。她的腳多想逃跑，但被困在衣櫃裡；她的手多想拍打求救，但被放到梳妝檯上。更唯恐出了這表演箱，她也活不成了。

門開了，她屏氣凝神，蓄好精力應付克里夫，不過，門口進來的不是克里夫，他背對著她，像是在看著外面，謹慎地將門關了起來，然後轉過身來。

喔！天哪！這是什麼？

契斯特閉上眼睛，再度張開，看到透明的茶几上面有顆人頭，正是前幾天被克里夫邀上臺表演分解的那名女子，她正在箱子裡頭望著他。契斯特不斷吸氣，吸到他的肺部都發痛了，才想起來要換氣。

「妳是黛蓮？」契斯特驚駭地用原來的母語詢問，沒想到對方也用俄羅斯語喚他。

「救我……救救我……」

「我的天！」契斯特看著眼前的女郎，她不但頭在茶几上，軀體和手全都異位，那她的腳呢？「妳……這是怎麼回事？」

「我不知道，救救我。」見到有別的人進來，何黛蓮把握住機會求救。

「妳被分開了。」契斯特看著何黛蓮，又看看擺在梳妝檯上的雙手，正在箱子裡移動，而軀幹則放到窗邊的平臺上。身首異處還能活動，這只有克里夫做的出來。

「對，救救我……」不論對方是誰，她都很高興有人發現了她，而且對方沒有暈倒。

第五章　掙脫

「怎麼救？」

「我的腳在衣櫃裡，你把他拿出來，把我排好，然後拿出鋼刀，這樣就可以了。」

「不，事情沒有這麼簡單。」契斯特混亂了。

「為什麼？」何黛蓮驚訝地望著他。

「我不知道能不能做到，擅自將妳鋼刀拿走，如果一個不小心，妳會死掉的。」契斯特開始頭痛。

「你怎麼知道？」

「我跟在克里夫身邊作事，我當然知道。」

「克里夫？」這個陌生人提到克里夫的名字，何黛蓮驚叫起來：

「你來做什麼？出去！」跟克里夫有關的人，她都退避三舍。

「噓！小聲點，是妳的未婚夫叫我來找妳的。」契斯特趕緊制止她。

「我的未婚夫？」何黛蓮驚訝地叫了起來。

「對，他的名字叫做奇亞……奇亞駱？」臺灣人和外國的姓名排法不同，契斯特將它搞混了，不過不妨礙何黛蓮的理解，「我還有他的名片，妳看看這個。」為了取得她的信任，契斯特將名片拿了出來。

看到駱奇亞的名片，何黛蓮驚訝了，他真的有奇亞的名片，但還是心存疑慮。「我怎麼知道你真的是奇亞派來的？」

「現在妳只能相信我，難道妳希望永遠困在這個箱子嗎？」

何黛蓮咬著下唇，哭花臉的她此刻臉上髒亂不堪，斷頭斷腳卻仍有知覺的恐懼感籠罩著自己，現下，她只有信任這個陌生人了。

「你要怎麼幫我？」

「我不確定。」他沒想到自己找到的是個被裝在箱子，而且還被分解的女人。他雖然想將她組合，再救出去，但一個不慎的話，恐怕他就得抱著肢離破碎的身體出去，所以他要再想想。

「你不是要幫我？」何黛蓮叫了起來！

第五章　掙脫

「讓我想想。」契斯特抱著頭，他不敢擅自將鋼刀拿出來，萬一她人頭落地，那麼什麼也沒有了。「這樣吧！我先把妳帶到我房間，再把妳的未婚夫找過來好嗎？」

目前也只能這樣子了。

「好吧！」

契斯特將她的腳找出來，將軀體放到上面，再將頭和雙手組合，這樣雖然還困在箱子裡，不過看起來不至於太恐怖。

現在就是要把何黛蓮送出去了，還好腳底下的箱子有輪子，不需要費太大的力氣。契斯特打開了門，幸虧克里夫住的高級套房樓層目前沒有其他客人，他順利將何黛蓮推到電梯，按了自己住的樓層，然後進到他的房間。

整個過程順利得令人吃驚，一顆高懸的心暫時放了下來。

「我得先跟妳的未婚夫聯絡，請他過來一下。雖然他過來也不知道有什麼辦法？到時候再說了。」契斯特很不確定，他照著名片上面的電話，撥了過去。

※　　※　　※

駱奇亞接到了電話，來到了契斯特的房間，敲了敲門。

「晚安。」他以英文和契斯特對談。

「晚安，駱先生。」契斯特走了出來，順便將門關上。

「你不是說找到了黛蓮，她人呢？」駱奇亞見契斯特的神色有異，有些疑惑。

「她在裡面。」契斯特話才剛說完，駱奇亞就迫不及待要進去，契斯特阻止了他。「等一下！」

「你不是說她在裡面？」駱奇亞憤怒地道。

「她是在裡面，不過在進去之前，有些話我必須先跟你講清楚，等會兒不管你看到什麼，都不要衝動，好嗎？」契斯特可以想像等一下會發生的狀況。

「為什麼？她出事了嗎？」

「可以說是，也可以說不是。」

第五章　掙脫

「你到底在說什麼？」駱奇亞激動地抓起他的領子，契斯特抓住他的手，安撫著：「鎮靜點，我會讓你見她，你要是吵到其他人的話，事情就更不可收拾了。」駱奇亞鬆了手，契斯特將手放到手把上，又忍不住囑咐：「不要衝動，知道嗎？」

「知道了。」

契斯特打開了門，駱奇亞走了進去，這個房間並不大，駱奇亞一眼就瞧見角落的何黛蓮，他連忙跑了過去。

「黛蓮，妳還好嗎？這是怎麼回事？」看到何黛蓮還在箱子裡，而且脖子和雙臂、腰際仍被鋼刀刺穿，就像那天在臺上的表演一樣，駱奇亞相當訝異。

「奇亞，喔……奇亞。」看到駱奇亞，何黛蓮忍不住激動了起來。本來契斯特已經幫她擦乾淨的臉蛋，又哭得涕淚縱橫。

「妳為什麼在箱子？」駱奇亞伸手晃動，契斯特見狀連忙阻止。

「等一下！別亂動！」他走到他們身邊。

「這是怎麼回事？」

「魔術呀！先生。」

「魔術？快點把我未婚妻放出來。」駱奇亞憤怒地道，他以為契斯特在耍他。

「我當然也想把她放出來，但是狀況不允許。」契斯特阻止他甩動箱子。

「為什麼？」

「亂動的話，你的未婚妻就真的會手腳分家了。」契斯特警告著他。

「什麼意思？」雖然心頭激動，駱奇亞還是將手放開，免得傷了何黛蓮。何黛蓮抓住他的手，兩人的手掌緊握。

「這是魔術，真正的魔術，和你們平常看到那些浮華的、虛假的，靠著手法、技巧或藏著機關的魔術是不一樣的。黛蓮小姐她現在的身體都被魔術分開了。」

「你在胡說什麼？」駱奇亞不肯相信。

契斯特將裝著何黛蓮的頭的箱子搬開，放到床上，轉身過來。「就是這個意思。」

看著何黛蓮的頭和脖子分家，而床底下並沒有藏人，真正的魔術在他面前展現，駱奇亞驚訝地說不出話來，事實上，他的心臟劇烈跳了起來！這比當初在舞臺底下看的還要震撼人心。

舞臺上的表演，可以認定是一種障眼法，但是現在他的右手和她的左手相握，而她的頭在旁邊的床上，駱奇亞無法動彈。

「奇亞……」何黛蓮只能哭泣，她痛恨自己的無能為力。

「這是怎麼回事？」駱奇亞鬆開了何黛蓮的手，在旁邊的椅子上坐了下來，看著何黛蓮的頭，詭異的感覺像蜈蚣從腳底爬了上來，他的脊椎在發麻。

「這是魔術間的祕密，我不能說。」契斯特冷冷道，駱奇亞激動地叫了起來：

「你在耍我嗎？」

「不，我還沒說完，讓我想想該怎麼說？嗯，你一定看過魔術，撲克牌、乒乓球、絲巾、繩子，或者將人變消失後又出現，諸如此類的魔術，是吧？」契斯特一步一步解釋。

「是的。」

「就像我剛剛講的，很多魔術都是障眼法，運用著道具、手法、技巧，讓觀眾嘖嘖稱奇，以為是假的，卻又表演得像真的，但是有多少人知道，裡頭有多少是真實的成分呢？」契斯特點出了多數人的心態。

「真的？」駱奇亞遲疑了起來。

「是的，魔術，我指真的魔術，而不是那些唬弄人的手段，真正的魔術。」契斯特不斷地強調，四周的空氣似乎降了下來。

「什麼叫做真正的魔術？」

「就是不靠取巧、不靠障眼，完成真正的魔術。像這樣——」話剛說完，契斯特的手上立刻冒出一團火，把兩個人嚇了一跳！駱奇亞走到他身邊，契斯特甚至把袖子往上拉，裡頭空空如也。

第五章　掙脫

「你怎麼變的?」駱奇亞沒看到他手掌上有任何東西，像是可以藏著瓦斯的管線都沒有。

「祕密。」契斯特將張開的手掌合上，火焰即刻消失。

「所以你的意思是，真正的魔術師，隱藏在假的魔術師之中?但是，為什麼?」

「因為巫術的關係，當巫術被視為邪惡之後，凡是具有能力的人，都被殺掉了，為了隱藏能力，也為了生存，所以魔術師躲在障眼法之後，似真似假，才不會枉送生命。」中古世紀的黑暗時代，巫術被毀滅的年代，如果不分享魔術的祕密，就會被陷害。

「到底有多少真的魔術師呢?」駱奇亞迷惑了。

「這點不清楚，為了生命著想，沒有人會去查。到後來，魔術變成娛樂的效果，人們忘了它真正的能力。」

「好，你說的這些我了解了，那黛蓮呢?你是魔術師的話，不能把她救出來嗎？」

契斯特一臉為難：「我不確定。」

「為什麼？你不是魔術師嗎？你是魔術師，真正的魔術師對吧？」駱奇亞抓住契斯特的雙臂，搖晃著他。

「我……」

「契斯特——」何黛蓮開口了，「你可以幫我嗎？拜託！」她蹙著眉，神情哀怨，「我不想要再待在這個箱子了，不要……」她哀求著。

「還記得我們的承諾嗎？」駱奇亞拿承諾壓他。

「你說找到你的未婚妻，你就會幫我成名。」名聲之後，尾隨而來的是財富。

「現在更改了，你必須要救出黛蓮，我才會讓你揚名。」

「你說謊！」契斯特憤怒地叫了起來：

「你明明說過只要找到她，你就會實現你的承諾的。」

「你把這樣的黛蓮交給我，你要我怎麼辦？跟她的頭，還是跟她的手結婚？

第五章　掙脫

我要的是黛蓮，一個完完整整的女人。我們下個月就要結婚了，你要我怎麼娶她？把她完完整整地還給我！你不是魔術師嗎？你是真的魔術師對吧？除了你之外，沒有人可以救黛蓮了！拜託！」駱奇亞激動地道，他軟硬兼施。

「我不確定。」契斯特慌了起來。

「拜託！契斯特，你不是魔術師嗎？」

「我是，可是……」

「可是什麼？」

「克里夫他……」他幾乎哭了起來，「克里夫他根本不認為我是魔術師，我在他身邊學習，學他的魔術，他總是認為我不夠格，表現得不好，不給我機會。我不知道，我能變什麼魔術？」他的自信，全被克里夫打垮了。

「那個將東西塞進肚子的魔術呢？」駱奇亞追問。

「那是我唯一表現好的魔術。」

「再來一次，好嗎？」

契斯特看著他，張大著嘴。「什麼？」

「表演給我們看，給黛蓮看，」駱奇亞走到何黛蓮的頭旁邊，蹲了下來，「我在網路上看過契斯特的表演，本來以為是造假，現在，我們可以知道什麼是真正的魔術了。」

※　※　※

契斯特看著他們兩個，緊張得不知該怎麼辦？他能上臺表演的魔術不多。如果靠道具、技巧的簡易魔術，自然沒有問題，可是駱奇亞提出的，是真正的魔術，要將東西塞進肚子裡，並不是件簡單的事情，不僅要集中精神，也要龐大的念力，他沒有表演過幾次。就連克里夫要變這項魔術時，也是相當謹慎。

克里夫？提到克里夫，他的怒火熊熊升起，克里夫能做到的，他為什麼做不到？他總是說他功力不夠，沒有辦法變魔術。那次在新加坡的表演，不是很成功嗎？

他可以做到嗎？可以嗎？

第五章　掙脫

「契斯特。」駱奇亞叫著他的名字，契斯特回過神來，駱奇亞看到他的額上都是汗水，不過兩分鐘的時間，他竟然可以滿頭大汗？

「讓我……讓我……」看到駱奇亞，想起他給他的承諾，名與利的誘惑，他決定了，「試試看。」

「好極了！」駱奇亞和何黛蓮歡呼起來，並且期待著。

契斯特走到床頭櫃，那裡有一副撲克牌，他打開盒子，取出裡頭的牌，然後將衣服的釦子一顆一顆的解開，脫到地上，他的身子纖細而單薄，並不屬於運動型的身材。

他拿出一張撲克牌，寬度剛好進到他的嘴巴，他伸出舌頭嘗了一下，兩人感到噁心。

「你在幹什麼？」駱奇亞問道。

「說真的，撲克牌的味道還不錯，不過並不是每個人都喜歡，最好不要亂嘗試。」契斯特將房間變成他表演的舞臺，一改先前的自卑，充滿自信，對著眼前的觀眾說明。

「別說了，開始吧！」

「好，我們開始。」契斯特深吸口氣，將剛才舔過的撲克牌放在肚臍上面，以切面與肚皮交會，然後以姆指和食指捏住，屏住呼吸，那張撲克牌竟然一寸寸、一分分的推進他的肚子裡面。

撲克牌……消失了！

何黛蓮驚呼起來！她和駱奇亞互望了一眼，這是他們頭次看近距離魔術，感覺既新鮮又刺激，也有點恐怖。雖然撲克牌並不是什麼尖利的東西，但以切面切入肚皮，也是令人想不到的事，何黛蓮全身起了雞皮疙瘩。

「等一下，還沒結束。」契斯特換了口氣之後，將姆指和食指讓他們看了一下後，他的兩根指頭按向剛才牌消失的位置，更不可思議的事發生了——連他的指頭也沒入了肚皮裡面！

「讓我找一下，找到了！」契斯特叫了起來，然後他慢慢拉出撲克牌，駱奇

第五章　掙脫

亞和何黛蓮眼睜睜看著黑桃 A 被他拉出來，上面甚至還有些血跡。

契斯特滿頭大汗，他從旁邊拿起一張面紙，將撲克牌擦了擦，笑了起來。

這項表演絕非街頭術士所能做到的，而契斯特方才毫無遮掩地將魔術呈現在他人面前。

「成功了！」

「太好了！你太棒了！」駱奇亞激動地上前抱住了他，為他欣喜不已，「現在可以讓黛蓮出來了嗎？」

「我……」契斯特看著何黛蓮，她哀求地看著他，駱奇亞也對他充滿希望，他真的可以做到？

走到何黛蓮的頭前面，契斯特將她的頭放到軀體上面，走到後面，將手伸了出來，握住鋼刀的把柄。

他是真正的魔術師，充滿自信而驕傲的魔術師，他的聲名、他的地位，將隨之而來。

「等一下。」他鬆開了手。

「怎麼了?」見他突然反悔,駱奇亞不解地問道。

「你的承諾呢?」

駱奇亞想起他們先前的承諾:「我會實現的。」

「不,等我救了她之後,我就沒利用價值了吧?」契斯特想到後果,他不要白做工。

「我會幫你實現的,快救她!」駱奇亞氣急敗壞地道,要不是怕何黛蓮受傷,他真想乾脆自己把刀子抽開。

「不、不,先給我酬勞,要不然免談。」契斯特擺高姿態。

「你……」

「條件都是你在改,現在換我了。」契斯特高叫著。駱奇亞最初明明是說只要能找到何黛蓮,就答應給他名聲,卻擅自更改。如果不能先拿到實際報酬,他可能最後什麼也得不到。

駱奇亞生氣地看著他，又看看何黛蓮，後者以哀求的眼神望著他，請他照契斯特講的去做，駱奇亞答應了。

「好，今天晚上，我幫你安排一場表演，來的都是政商名流、達官貴人，你的名聲會傳出去。結束之後我會再給你十萬美元，但是你得幫我救出黛蓮。」駱奇亞開出條件，相當誘人。

「好，好極了。我會在表演的時候，把你的未婚妻放出來。」契斯特笑得咧開了嘴。

「那就這麼說定了。」

※　　※　　※

臺北是個熱鬧的都市，知名飯店林立，也有不少團體借裡頭的場地舉辦活動，在另外一間飯店裡，某知名國際香水品牌分公司在裡頭舉辦新系列發表會，不少廠商跟名流都過來了。

在駱奇亞的特意干涉下，插入了半個鐘頭的魔術表演，起初，不少人認為魔術只是不入流的街頭表演，但等到他們看到契斯特的表演時，也不禁目瞪口呆。

他穿著輕便，手無長物，沒有可遮蔽的地方，但卻憑空變出白鴿、項鍊甚至花卉，並送給現場的女士，博得她們的芳心。

雖然沒有正式獨挑大梁過，但他平常都在看克里夫的表演，學習他掌握氣氛的拿捏，控制得很好。

最後一場魔術時，臺上推出了幾個箱子。

「各位先生、各位女士，有人想猜猜裡頭裝的是什麼嗎？」雖然他是用英文問話，不過對於參與這樣盛大的發表會的各廠商代表而言，英文只是小菜一碟。他的表演熱鬧，對話又風趣，現場有不少人開始喊了起來：

「天鵝！」

「兔子！」

「美女！」此話一出，所有人都笑了起來。

第五章　掙脫

契斯特臉帶笑意，指著那名說是美女的人說道：「答對了，不過，更正確的說法是——美女的哪個部位？」

現場引起一陣議論紛紛，契斯特看著躺在地上的五個箱子，故作沉思：

「嗯，我們該先打開哪個好呢？這個？」他打開離他腳底最近的一個箱子，裡頭是一隻女人的手，正在擺動。

眾人倒抽一口氣，全部驚呼起來！

「還是這個？」契斯特開著另外一個箱子，裡頭露出兩條白皙的美腿，「還是這個？」他打開第三個蓋子，裡頭是名黑髮的女郎，看得出來是東方人，正在跟大家微笑。

「咦？那不是……」

「是駱奇亞的未婚妻！」眾人驚呼起來！

沒錯，契斯特跟駱奇亞講好，將在舞臺上，把他的未婚妻還給他。

「真的是她嗎？她怎麼會在裡面？」有人不敢置信。

「也許是機器人。」話雖這麼說，不過講的人仍有所遲疑，畢竟那美女的臉蛋太細膩了。

他打開了所有的蓋子，再按照正常人體方位擺好，頭在上，腳在下，手臂在兩側，這樣讓人看著舒服多了。

契斯特走到何黛蓮身後，捉住鋼刀的把柄，突然——他膽懼了。

以往練魔術時，克里夫都會在旁指導，花樣和技巧、道具和機關那種就不用說了，克里夫教他的是真正的魔術，把東西放進體內再拿出來，是他教的，也曾經教他穿越門板。有一次卡住了，他的頭在裡頭，身子在外頭，最後還是克里夫將他拉出來的。

而這種將人分開，卻絲毫不見血，屬於更高竿的魔術，他沒有試過，他可以嗎？他做得到嗎？握住把柄的他，忽然膽顫起來。

為了避免意外，原本握住脖子後面的鋼刀把柄，改握她左肩後的。

只要將這把鋼刀抽出，他就往魔術師的成就更邁進一步，克里夫再也不能

第五章　掙脫

嘲笑，更不能對他大吼大叫，他能夠和他有同樣的身分。

「不，你會害死她的！」

一記怒吼響起，眾人轉頭望向聲音的來源，只見一名外國男子衝進了會場，是克里夫！

契斯特見狀，心頭一驚！用力將鋼刀拔出——

「啊！」何黛蓮尖叫起來！

由於箱子所有蓋子都打開的，觀眾可以很清楚看的到箱子裡面是什麼，契斯特的鋼刀把柄一拔出，她的左手立刻掉了下來，然後手臂上方噴出了大量血液！

在舞臺後方的駱奇亞也衝了上來，暴跳如雷：

「你說過你會救她的！你騙我！」而如今何黛蓮卻掉了一隻手！

「我說過，要真正的魔術師才能表演這種魔術，你只會害死她！」見情況危急，克里夫跑到何黛蓮身後，把她脖子、腰際以及右手臂的鋼刀，全部抽了出來，丟到地上，而沒有了鋼刀，何黛蓮倒了出來——整具身子，駱奇亞趕緊抱住了她。

她的整個左手臂被削平，大量的血液正在源源不斷地流出，失誤的魔術，殘酷的結局！

「快送醫院！快！」克里夫大叫著，駱奇亞抱著何黛蓮，克里夫則撿起何黛蓮的手，跟在駱奇亞的後面，兩人直奔醫院。

契斯特跪了下來，看著滿地的血液，他知道……他輸了，他永遠都不能超越克里夫，他註定是個失敗者，他……他……

「啊！」他大叫了起來！

第六章　破碎的美女

「黛蓮，撐著點！」駱奇亞在何黛蓮的身邊急喚，她躺在病床上，被緊急送往手術間，而那隻手則由醫護人員拿著，跟著送到裡頭。

看著在手術房裡與死神搏鬥的何黛蓮，駱奇亞轉過來瞪著跟他一起送何黛蓮到醫院的克里夫，怒火和他身上的血液一樣發紅，迅雷不及掩耳，他抓住克里夫，用力把他往牆上一揍！

「是你！都是你！是你害她這麼淒慘的！」他大叫著。

「別忘了，是我救了她的。」克里夫冷冷地道。

「你將黛蓮帶走，你還不敢承認？」

「讓黛蓮受傷的，可不是我。」

「你……」

「黛蓮在我手上時，完全沒有生命危險，結果呢？你們把她帶走，搞成現在這個樣子，反而過來指控我，你有沒有搞錯？」克里夫犀利地道，駱奇亞被刺激得更加抓狂！

「你這個無恥之徒！都是你把黛蓮害成這樣，都是你！」

「是我嗎？你有沒有搞清楚，真的是我嗎？是我嗎？」克里夫冰冷無情的眸子瞪著他，駱奇亞被他看得心頭發麻，但怒氣淩駕懼意，他放開了他，冷冷地道：

「如果黛蓮有個三長兩短，我一定找你算帳。」

「歡迎。」克里夫一點也不畏懼。

隨著時間一點一滴的流失，駱奇亞越發焦急，何黛蓮會死嗎？想到她的手莫名其妙掉了下來，他更加自責。如果他不要那麼信任契斯特就好了，那麼，黛蓮也不會出事了。

第六章　破碎的美女

可是就算他不相信契斯特，他還能向誰求救呢？這些神祕的魔術師，到底埋藏著什麼樣的心思？沒有人知道。和魔術師打交道，真是個錯誤。

駱奇亞抬起頭來，克里夫已經不見了，他沒心思去理會，現在他只關心何黛蓮的安危。

良久，手術房開了，洪維坤走了出來。

「奇亞，這是怎麼回事？」在駱奇亞還沒開口時，洪維坤就先發問了，他是這裡的醫生，同時也跟駱奇亞認識許久，他們訂婚的時候，他也有去。剛才何黛蓮被送到醫院，也把他嚇了一跳！

「黛蓮呢？她怎麼樣了？」

「她的手臂被削得相當整齊，血管、神經傷口都相當平整——幸虧你們及早送來，要不然她這一條命就不保了！不過，你們到底去了哪裡？為什麼黛蓮會發生這種意外？」

「這是表演失敗。」

「什麼？」

「魔術表演失敗，黛蓮就變成這樣子了。」騎奇亞想到何黛蓮的手臂掉下來的那一瞬間，甚是恐怖。他該慶幸契斯特不是從脖子開始嗎？

「魔術表演？她被表演切割嗎？」洪維坤訝異地問道，「那個不是都有機關嗎？怎麼還會搞成這樣？」

駱奇亞沒有再回答，他的心全被何黛蓮占據了。「我可以去看她嗎？」

「等送到病房再去看她吧！」洪維坤拍了拍他的肩，「我還有事先去忙，要找我的話，我今天值夜班。」

「嗯，謝了。」

※　　※　　※

何黛蓮躺在床上，緊閉雙眸，她已經換上醫院的衣服，旁邊有生命跡象顯示器，駱奇亞特別要求，所以他們現在正在單人房，不受他人打擾。

何黛蓮是救回來了，雖然不完全，但也保住了一條命。

第六章　破碎的美女

那些該死的表演、該死的魔術師，他有生之年都不會再看魔術了，駱奇亞望著躺在床上的未婚妻，心情煩躁，下意識地在自己外套上側的口袋裡掏出了一包菸。

才剛拿出一根菸，準備放到口中時，門被推開了，護理師進來巡房，看到這個情形，不禁皺了皺眉。

「先生，請不要在這裡抽菸。」

「我在陪我未婚妻。」

「你在這裡抽菸會影響病人的。要是你的未婚妻醒來，看見你這樣也不太好吧？」護理師上前準備測量何黛蓮的血壓。

如果黛蓮醒來的話，大概會要自己也給她一根吧？不過駱奇亞沒有說出口，他拿著香菸，找適合的地方去了。

護理師量好血壓，做了紀錄之後，也出去了，只剩下何黛蓮躺著。

房間很靜，靜到連冷氣運轉的聲音都聽得到，而何黛蓮的身子，也靜靜地飄了起來。

是的，就像失去重量的軀殼，慢慢地、緩緩地浮了起來，她身上的被子則掉了下來。

不需要依靠外物，也不需要任何工具，何黛蓮違背了地心引力，浮在空中。

這就是駱奇亞見到的狀況，他整個人愣住了。

剛剛他離開，整棟大樓幾乎都是禁菸的標誌，要抽的話就得跑到外頭，他不想離開何黛蓮太遠，於是耐著菸癮，想要折回來，沒想到就見到這個狀況。

「黛蓮！」他大吼一聲！何黛蓮的身子就掉了下來！

「啊！」何黛蓮驚叫一聲，她醒了過來！覺得身子重重墜在某種柔軟物體上面，原來是床。雖然不會疼痛，但也好不到哪裡去，她的手——看著自己的左手，被紗布裹得密密麻麻。

「黛蓮！妳醒來了！」駱奇亞衝了過去，欣喜地叫道。

「是啊！我不是……」她記得她的手在眾目睽睽之下掉了下去，看到自己的肢體離開軀幹，她的恐懼多過疼痛，究竟有沒有疼痛她也不記得了，只知道她受不了這個狀況，當場暈了過去。

「沒事了，已經沒事了。」

「我的手……」看到自己的左手臂被紗布包住，何黛蓮不禁擔心起來。

「沒事的，醫生說以後可能會有點功能障礙，但是只要好好復健，還是可以恢復跟以前一樣的功能。在這段時間內，就由我當妳的左手吧！」駱奇亞捉住她完好的右手，不給左手太大的壓力。

「奇亞……我真的回來了？」

「對，妳回來了。」

「沒有魔術？」

「對，沒有魔術。」

何黛蓮鬆了口氣，她終於回到了現實社會，不再困於魔術裡面，而駱奇亞緊握著她的右手，不想告訴她剛才飄浮的事。

失敗了，他沒想到駱奇亞會突然跑進病房，克里夫臉色發白，相當虛弱，慢慢地走出醫院。

※　※　※

表演的時候最忌諱人家打斷，尤其他又不在現場，想利用飄浮將何黛蓮移到別處，要花費極大力氣。所有的魔術都必須專心、心無旁騖才能完成，像契斯特那種心浮氣躁的下三濫是無法有所成就的。

只是接連出了這麼多事，何黛蓮沒辦法繼續待在自己身邊，連這一次的魔術都受到打擾，克里夫感到心煩意亂。

魔術表演就像人生一樣，一旦失誤，都不能再來一次，因為發生了就是發生了。

他煩躁地在街頭漫無目的地走著，直到他聽到——

「把錢拿出來！」

克里夫轉過身，只見一名身形瘦弱、穿著夾克，有如竹竿似的搶匪拿著刀子恐嚇他。

待看清克里夫的臉，搶匪不禁愣住了。

對方的面容白皙，頭髮黝黑，那褐色的眸子和如刀雕刻似的容顏說明他不是臺灣人，但如果他是外國人，怎麼能聽得懂他的話？

克里夫看到搶匪手中的刀子，不由得揚起一抹詭異的微笑。

「笑、笑X小？快把錢拿出來！」搶匪看著比他還高上一顆頭的克里夫，氣勢上就矮了一截，不過有利刃在手，心頭也就篤定許多。

「要錢是嗎？好的，請等一下。」克里夫流利的國語讓搶匪安了不少心，雖然腔調有點古怪，起碼不會雞同鴨講，不至於出師不利。

克里夫從風衣的左邊內側口袋拿出皮夾，從裡頭取出千元大鈔，搶匪眼睛一亮，正準備伸手去拿，卻見到克里夫將鈔票轉了個面，千元大鈔竟然不見了？

「錢呢？」搶匪失聲喊了起來。

「在這裡。」克里夫伸手到他的耳邊，一疊鈔票又出現在他手中，發現自己被耍了，搶匪惱羞成怒，大喊：

「把錢拿過來。」

「就在這裡啊！」克里夫無辜地道，他將鈔票遞到搶匪面前，搶匪動手去拿，克里夫卻往上一拋，鈔票遲遲沒有落下來，錢消失了？

搶匪驚駭地看著空中，氣憤地大喊：

「你在耍什麼把戲？快把錢交出來！」

克里夫伸出雙手，十指大張，他握拳之後再度張開，指縫和指縫之間都夾著張鈔票，為數不少。

儘管人家都將錢亮在他面前了，搶匪卻心生懼意，嚥了口唾液，緊張得連話都說不好了：

「你你你、你到底在做什麼？」

「想看我的表演，通常都是要付出代價的——你，要付出什麼代價？」克里

第六章　破碎的美女

夫冷冷地問道。

「什麼？」搶匪瞠目結舌，從沒看過被搶的人還能反過來威脅搶匪的，他到底是什麼人？「你到底是誰？」

克里夫詭異地笑著，往後退了一步，將風衣取下。「我是魔術師。」

魔術師？

搶匪愣愣地看著克里夫揮動著風衣，等風衣落下在他身上時，搶匪驚駭地想將風衣推開，卻發現怎麼也推不開，他被這件衣服包圍，無論他怎麼敲、怎麼打，都只是打在柔軟的布上，而且這件大衣越來越重、越來越重，重得他跌倒在地，全身都被風衣包裹。

克里夫冷冷地看著這一切，等到風衣不再動了，他拿了起來，重新穿在身上，哪裡還有什麼搶匪的影子？

地上只有一把刀子。

※　　　※　　　※

克里夫回到飯店，晚班的工作人員見了他，都跟他打招呼。他搭乘電梯，回到自己的房間，打開門，房間中央有個人影，他打開電燈，莎莉就坐在床上。

「妳怎麼會在這裡？」克里夫邊說，邊將風衣放下。

「我聽說今天晚上的事了。」契斯特表演失敗的事，很快就傳開了。

「那妳過來做什麼？」

「那個女的跟你是什麼關係？」莎莉站了起來，走到他的身邊，想要看清楚他的表情。

「這不關妳的事。」他已經夠煩了。

「我以為我們關係匪淺。」

「我們的關係很單純，妳應該很清楚，一開始就說好的。」原始的肉慾關係，沒有參雜其他情感。

「你——」莎莉相當憤怒，她感到委屈，跟在克里夫的身邊這麼多年，沒有看過他對一個女人這麼在乎，他對所有的女人就像對她一樣，所以她也不擔心他在外面拈花惹草——可是這次不一樣。「是因為那個女人嗎？」她直接問道。

「閉嘴！」

「你一開始說要來臺灣，我就覺得奇怪，又沒人邀請，也沒人提議，你自己就說要來這裡，我還以為你只是一時興起，才會想要到這個小國，結果……是因為她在這裡，對吧？」莎莉大膽地推測，也被她猜對了。

「住口！」克里夫煩透了。

「你雖跟我上床，心裡卻想著那個女人，甚至來這裡也是為了那個女人，她到底是誰？值得你這麼做？」莎莉大叫起來，她不服氣！

「我說閉嘴！聽到了嗎？妳給我住口！」

「為什麼要住口？你真的為了那個女人跟我吵架？克里夫，你在床上不是這樣的……」

啪！

清脆的巴掌聲在空中響起，莎莉捂著臉，驚愕地看著他。

他打她？那個在床上溫柔親切的克里夫，竟然動手打她？這一切來得太急促，讓她反應不及。

克里夫看著她，絲毫沒有愧疚的意思。

「出去！」他指著門口。

捂著自己的臉蛋，莎莉感到前所未有的憤怒，她的男人，竟然為了另外一個女人打她？他的心既冰冷、又無情。不——他沒有心，他的心全都在那個女人的身上。

疼痛像火燒似的，泛了開來。莎莉已經有了決定，她走向門口，在打開房門的時候，回過頭來，輕輕地吐出：

「你會後悔的。」

※　　※　　※

後悔？他最後悔的，就是不該那麼輕忽，讓契斯特帶走何黛蓮，結果不但沒得到她，還讓她的手臂斷掉。

第六章　破碎的美女

克里夫一把抓過了契斯特，將他往地上丟！他的力量龐大得令人驚訝，彷彿不屬於世間的力量，契斯特因這一摔而頭暈目眩，他看著自己流出的鼻血，胡亂擦拭。

契斯特轉頭看著克里夫，他面目猙獰，額上的青筋像要跳了出來。

「我有沒有告訴過你，你的功力還不到家？有沒有！」克里夫大吼著，契斯特因為害怕，只能不斷喘氣。

要不是同行的團員告訴他，契斯特和一名東方男子抬著巨大的東西出去，他也無法循線找到他們，更沒有辦法及時救她。

想到她就要死在他手上，克里夫的雙眸爆瞠，如果視線可以殺人的話，契斯特早就死了千萬回了。

「克里夫……」

「一個不入流的魔術師，沒有資格在大眾面前表演。如果你想成名的話，可以去表演耍猴戲，或是跳火圈！」克里夫嘲諷地道，契斯特益發難受，半聲不吭。

他知道，他的魔術生涯毀了。

當何黛蓮的手掉下來的時候，全場響起驚呼，還有人尖叫……他知道，他這輩子毀了，再也不能當魔術師，他什麼都做不成。

克里夫拿起他帶過來的葡萄酒，直接灌到嘴巴，把紅酒當啤酒牛飲，然後將剩下的暗紅色液體全往契斯特的身上倒。

「這是給你的教訓，不知輕重，沒耐性，又自以為是！」克里夫指著他大罵。

全身都是酒味，自尊不但被踹，而且還徹底蹂躪，契斯特對克里夫越來越憎恨。

「為什麼你還要護著她？既然你把她困在表演箱，為什麼還要擔心她的死活？」當何黛蓮的手掉下來的那一刻，克里夫的激動不亞於駱奇亞，他以為他是恨著她的。

第六章　破碎的美女

「她是我的，不論怎麼樣，她是我的，除了我，沒有任何人可以動她！」即使她那樣的屈辱他，他還是愛著她。

將她困在表演箱，一方面是給她的懲罰，另一面也為了隨時看到她，滿足他的欲望。深層的情感，邪惡的欲望，摧毀著他的心靈。

克里夫把紅酒全部飲完，然後重重一摔，瓶子破裂，碎屑滿地都是，有些劃傷了契斯特的手腳，他轉身離去。

待克里夫離開之後，契斯特站了起來，望著身上的汙漬和一旁破碎的酒瓶，契斯特在心中發誓，就算自己當不了成功的魔術師，也要毀了克里夫！對，他要毀了克里夫！

※　※　※

莎莉像團烈火似的，胸中充滿憤怒，迅速地離開飯店。跟在克里夫身邊這麼多年，他還沒有因為任何事情打她，就算她表演失誤，也頂多遭他痛罵而已，如今為了一個女人，他竟然打她一巴掌？

她以為自己明白他、以為自己了解他，沒想到她還是不清楚他這個人。克里夫的過去，克里夫的感情，都跟她有段距離。

她想介入，但克里夫從來不讓她靠近，她跟他只是單純的床伴關係。莎莉咬著下唇，藍色的雙眸看起來如同深層的海洋，毫無溫度，冰冷得叫人打顫。

她來到醫院，找到了何黛蓮所住的病房。

來到了病房前，她推開了房門。

何黛蓮正在看電視，駱奇亞幫她安排的單人房設備一應俱全，她能夠在醫院享受頂級的服務。

「誰？」當她看到門口站著的莎莉，驚訝極了，「妳是……」

「嗨！」莎莉走了進來，站到她的面前，用英文和她打招呼，何黛蓮也以英文和她對話：

「妳是克里夫的助理？」她還記得開場時，她和另外一個女郎的表演。

「助理？是的。」莎莉冷冷地道。那只是她其中一個身分，另外一個身分，

第六章　破碎的美女

是性伴侶。

何黛蓮警戒地看著她，不知道她來這裡做什麼？她的一隻手又無力，萬一有什麼意外的話，她恐怕不能自保。

「有事嗎？」

「有事嗎？我想，有的。」莎莉走到她的床邊，看著這張精緻的臉蛋，就是這個女人，讓克里夫著迷。

何黛蓮有種很不好的感覺，那種異樣的感覺，從克里夫而來，而莎莉又跟克里夫有關係，所以她對她也沒什麼好感。

「什麼事？」

「妳跟克里夫，似乎有很深的關係。」莎莉看著她，企圖從她的臉上看出些許端倪。

「不，我跟他並無關係。」除了那一段，而她並不想再談，那令她覺得自己是醜陋的。

「不過他並不這麼覺得。」

「妳想說什麼？」何黛蓮知道她來並沒什麼好意。

「他會來臺灣，是為了妳吧？何小姐。」莎莉和她保持一段距離，不願承認對方比自己優秀。

「我不知道。」她別過了頭，只讓莎莉認為她心虛。

「妳不知道，可是我知道，他來臺灣，就是為了妳。」莎莉走到她面前，不得已，何黛蓮抬起頭來面對她。

「我不知道妳來這裡到底有何用意？」

「我來這裡——」她彎下身子，兩人對望，何黛蓮看到她的眸子是藍色的，就像藍色的流沙，靈魂很容易被吸進去。

「——是來看妳的，看看讓克里夫著迷的，到底是什麼樣的女人？現在我終於知道了，在我眼前的這個女人，就是克里夫的情人。」莎莉說著，伸手摸著何黛蓮的臉蛋，何黛蓮完全無法動彈，她的身體彷彿定住了，沒有反應，任憑

第六章　破碎的美女

莎莉撫摸著她。

很好，事情比她想的還容易。莎莉滿意地挺直身子，在她的身邊輕聲道：

「克里夫的情人，妳可以聽到我的話嗎？」

「是的。」何黛蓮呆滯地回答。

「很好，」莎莉把窗戶打開，看到外面的高樓大廈，燈火遠比天空的星星還要多，「妳一個人在房間一定很悶吧！要不要過來這邊透透氣？」

何黛蓮推開棉被，站了起來。

「非常好，現在，妳可以想像自己是隻鳥，一隻快樂而自由的小鳥，妳想飛翔，飛到無盡的天空中。等我走了之後，妳就會開始飛翔起來了，對不對？」莎莉冷冷地道，這時候，即使她不用和她眼對眼，影響力仍然持續發揮。

「是的。」

「太好了，等我走了之後，妳數到一百，然後爬上這個窗戶，化身為小鳥然後飛翔，知道嗎？」莎莉吩咐著，她必須確保自己不會被牽扯進來。

「我會等妳離開之後，數到一百，爬上這道窗戶，變成小鳥……」何黛蓮語調平板地重覆她的話。

「對，就是這樣。那妳就在這裡，先欣賞一下風景吧！」莎莉離開她的身邊，走到門口，出去後，將門關了起來，然後離開。

沒錯，正是催眠，莎莉催眠了何黛蓮，讓她照自己的方式去做。

在魔術的部分，也有不少人表演催眠，莎莉自知資質沒克里夫那麼高竿，但是她以平凡人的條件學習了催眠這項魔術，畢竟在人類醫學和魔術的領域當中，這是互通的，她要入門也比較容易。

莎莉離開之後，何黛蓮站在窗前，視線向外，卻不知焦距在哪？

腳步聲逐漸離去，漸漸地消失。

「一、二、三……」等莎莉離開之後，她就開始數數，跟幼稚園小朋友一樣，乖乖聽著老師的話，沒有等到時間到，是不能動的。

「六十二、六十三、六十四……」一字一字，她的聲音清楚而明晰，慢慢地，來到了結局，「九十七、九十八、九十九、一百。」數完了，她這隻小鳥，也該飛翔了。

何黛蓮伸出右手，腳則踩在一旁的訪客椅上，由於左手受傷，她沒有辦法兩手並用，但也夠了。她站在椅子上，感受強勁的風吹打在身上，腦海中只有一個念頭，那就是——飛翔。

飛翔……自由的飛翔……在這無盡的深夜，她將化為小鳥，飛在空中，飛翔、飛翔，然後——

重重地墜地！

第七章　瘋狂的魔術

有很長一段時間，他都需要靠酒精才能入睡，漸漸地，對酒精的需求越來越大，演變成酗酒。

身為一個魔術師，他知道這是不可取的，但是沒有辦法，他就是克制不了，所以睡前喝下一、兩瓶紅酒是正常的，在沒有成名之前，他還是靠著劣質啤酒度日。

過去的記憶、憤怒的情緒，縫合成他的生命。

只是明明睡前已經灌了兩瓶紅酒，為什麼還是睡得這麼難過？克里夫皺著眉頭，用力張開了眼睛，腦中仍有點昏眩，是酒精的關係吧？他甩了甩頭，想將那份不適感去除，卻發現——他的手、腳被綁住了！

這是怎麼回事？他大吃一驚！連忙看看自己，被綁在圓型巨木上，他的手

第七章　瘋狂的魔術

被綁在兩側，而腳也被張開綁住腳踝。

這裡——是他在臺灣表演時的那個舞臺，他怎麼會在上面？

「可惡！」克里夫咒罵著，想要掙脫，無奈繩子綁得太緊，他掙扎的結果，只是讓自己的皮膚磨破而已。

「你醒來了啊！」契斯特走了過來，他的眼神冰冷。

「這是在幹什麼？契斯特，快點放我下來！」克里夫大吼著，契斯特皺了皺眉。

「連請都不會說嗎？克里夫。」

「什麼？」

「『請』放我下來，你應該這麼說的。嘖嘖！你雖然學到魔術，卻連最基本的禮貌都忘了。」契斯特嘲弄著。

「X的！混帳！契斯特，你到底想要做什麼？」情緒不佳，再加上醒來之後，發現自己被綁住，克里夫心情極為惡劣，他脫口成「髒」。

契斯特搖搖頭，一副無奈的樣子。「克里夫，你的脾氣還是那麼不好。」

「你到底想做什麼？」

「想做什麼？你知道我想做什麼嗎？」契斯特看著四周，面前是可容納六千人的位置，分為上、下兩層，如果坐滿人的話，是相當壯觀的。「我最想做的，就是成為一個魔術師！」語畢，他伸出雙手，閉上眼睛，想像四周都是他的粉絲，正在為他歡欣鼓舞。

「憑你，也想成為一個魔術師？」克里夫輕蔑地道。

剎那間，現場的觀眾都不見了，整個表演廳空蕩蕩的。契斯特張開眼睛，轉過身來，冷冷地道：

「知道嗎？你真的很令人討厭。」

「什麼？」克里夫沒想到他會這樣對他講話。

「驕傲、自大，自信到令人憎厭，史上最偉大的魔術師克里夫，你的嘴巴比你的表演還臭。」

第七章　瘋狂的魔術

「你！」克里夫氣得半死，他動著雙手，大吼：

「我如果下來的話，一定把你那張嘴巴縫起來。」

「啊！這是另外一種魔術嗎？不過你來不及表演了。」契斯特冷笑。

「什麼？」

「因為這是我的舞臺，從現在開始，由我掌控。」契斯特撕開克里夫胸前的衣服，用力一扯，露出他精壯的身材。

看到自己的胸膛赤裸裸地展現出來，克里夫突然感到恐懼。「你想做什麼？」

「現在才問，會不會太晚了？」契斯特的手指輕輕在他胸前游移。

「什麼？」

「記得我學的魔術嗎？那個你總是說我功力不夠，還不足以上臺表演的魔術。我想想你是怎麼說的？『喔！契斯特，你在做什麼？這種不入流的功夫還敢拿出來丟人現眼，讓你出去表演的話，豈不毀了我的名聲？』」契斯特學著克里夫的話氣，將手指移到了他的腹部。

「你、你要做什麼？」克里夫驚駭地看著他手指的位置。

「『契斯特，你到底有沒有大腦？你的腦筋長哪去了？連這麼簡單的魔術都不會。』對吧？」契斯特以四指指尖擠壓著他的腹部，克里夫感到壓力襲來，不禁大叫著：

「住手！」

「『契斯特，你真是無藥可救了，你確定你還要在魔術界混？』對我這麼沒信心嗎？」契斯特的四指前端已經進入他的體內，克里夫感到有外力進到體內，想要大叫，卻叫不出來。

契斯特發著狠，他將整個手掌沒入他的肚內。「我沒有用，我是白痴，我什麼都做不了，是不是？」契斯特看著克里夫大叫。

「啊——」克里夫大叫著，額頭冒出冷汗。

契斯特的手不斷在他體內扭絞，然後他抓住什麼，慢慢拖了出來，是一截

第七章　瘋狂的魔術

褐色的腸子。

「什麼都做不了嗎？我表演得不夠好、不夠完美？對，我想這是我生平最糟糕的一次魔術。」契斯特看著他拖出來的腸子，駭人地笑著。

「住手！快住手！」克里夫冷汗直流，他不知道契斯特對他的怨恨竟到這種地步。

「我也很想住手，可是，已經來不及了，腸子在外面了，你說該怎麼辦呢？」他的手還有著沾黏的液體，溼溼滑滑的，沒想到腸子這麼扭曲，上面還有不少褶痕，甚至還有難聞的味道。

「把它……放回去。」他喘著氣道。

「啊！我是個糟糕的魔術師，什麼都做不好，不是嗎？」契斯特鬆開手，他自嘲著。看著克里夫的腸子從密閉的肚子拉出來，契斯特滿意地笑了。

「你這個混帳！快點把我放下來！我要殺了你！」克里夫狂吼著。

「好可怕，我好害怕呀！」契斯特一點都沒有害怕的意思。

「你！」

「讓我想想，胃在哪裡呢？是這裡吧？」契斯特伸進兩手，緩緩地擠進克里夫的體內，原本就被五臟六腑塞得滿滿的體內，又伸進契斯特的兩隻手，那種感覺就像體內在爆撐，整個人像要裂開了！

「你會有報應的，契斯特，你會有報應的。」即使屈於弱勢，克里夫仍是逞強，憤恨地看著他。

「是的，報應，的確是報應。」看著克里夫痛苦的面龐，契斯特滿意地笑了。

「你！」克里夫死瞪著他，臉上不斷冒汗，眼珠子也瞪得老大，似乎隨時會掉下來，卻仍然不肯求饒。

「這是什麼？是腎嗎？還是膽？」契斯特不斷在他體內摸來摸去，就像在沒有開口的袋子裡，找他要的東西。「還是心臟？」他摸著心臟，用力捏了一下！

「唔！」胸口傳來巨大的疼痛，克里夫發出痛苦的呻吟。

「對了，心臟，這樣就對了。」契斯特像發現什麼寶物，開心的笑了。「你知道嗎？我只不過輕輕的、輕輕的……」他又捏了一下心臟，克里夫大叫起來，「你就可以感到痛苦，真是太好了！」

「你！」汗水如雨珠般不停地落下。

「就像這樣！」契斯特又捏了一下，克里夫齜牙裂嘴，他緊咬牙根，不讓自己屈服。「想想看，我如果把它捏爆的話，會怎麼樣？」看到克里夫臉上的恐懼，契斯特興奮極了！

克里夫冷汗直流，如果契斯特真的捏破他的心臟，他將帶著巨大的痛楚死去！

※　　　※　　　※

「契斯特！」

一記清脆的女聲從觀眾席上傳來，契斯特將雙手抽了出來，看到莎莉往這邊跑過來，發現了他對克里夫所做的事情，她又驚又怒，衝到舞臺上！

「你在幹什麼？」

「妳說呢？」契斯特看著莎莉，冷冷地笑著。

「快點放了克里夫。」莎莉叫道。

「哈哈，妳以為我會這麼輕易放過他嗎？」

「快點把他放開！」

「妳那麼在乎他做什麼？不要以為我不知道妳跟他是什麼關係，妳不過是他暖床的玩伴而已。」

啪！

巴掌聲迴響在空中，莎莉氣急敗壞，她的隱私竟然被他大剌剌地提出來！她本來就喜歡克里夫，自願當他的床伴，但不容許別人看輕。

「你給我閉嘴！」

「妳才給我閉嘴！X女人，沒有看到現在的狀況嗎？現在我才是魔術師，只要我願意，我可以把他的心臟掐死！」契斯特憤怒地道。

「不！你不可以！」

第七章　瘋狂的魔術

「我可以！我是魔術師！我可以完成任何的魔術。妳最好安分一點，要不然——」他看著她的身體，陰森地笑了起來，「我也可以把妳的腸子拿出來。」

莎莉退了一步，驚恐地看著他。「你？」

「妳最好回去，不要管我們的事，這是我跟他的恩怨。」

「不！」他是她的愛人，她不會坐視不理。

「放聰明點，莎莉，妳不知道妳惹到什麼人。」契斯特望著她，企圖恐嚇威脅，這時莎莉卻說了⋯⋯

「不，契斯特，你才給我聽清楚，世界上最偉大的魔術師絕對不是你，你不要以為學了點皮毛就可以任意妄為，魔術的精華，你還沒有學到呢！現在，聽我說，快放了克里夫，放了他。」她的聲音突然輕柔起來，契斯特彷彿被她的聲音迷住了，整個人平緩了下來。

莎莉伸出了手，撫著契斯特的臉頰，像在安撫小孩⋯⋯

「只要聽我的話，總有一天你會變成偉大的魔術師，現在，就是現在，把克里夫放了。」

契斯特的表情變得呆滯，沾滿體內黏液的雙手也垂了下來，他喃喃自語：

「我會變成偉大的魔術師？」

「對，你會的，只是不是現在，但是你一定會的，懂嗎？現在，馬上把克里夫放下來。」莎莉沉穩而冷靜地道，看得出來契斯特還想掙扎，她使出所有的催眠功夫。「我最偉大的魔術師，最偉大的魔術師，你是最偉大的魔術師，現在，將你的助理放下來吧！」

最後，契斯特屈服了，上前將綁住克里夫的繩子解開，莎莉在旁邊扶住虛弱的克里夫。

「克里夫，你還好吧？」莎莉協助克里夫躺在地上，而契斯特則站在一邊，沒有下一個提示，他無法行動。

「X的！妳看我這樣會好嗎？」克里夫煩躁地道。

莎莉體諒他目前的處境，沒有計較，而是關心地道：

第七章　瘋狂的魔術

「現在怎麼辦？」

望著從體內掉出來的腸子，克里夫有點反胃，他屏氣凝神，拿著掉在外面的腸子，想要將它塞回去，但是他的體內如火燒似的，充滿痛苦，剛剛契斯特不知道在他體內做了什麼，現在他整個軀體內部都不舒服。他想要集中精神，好完成這項魔術，卻始終不能如願。

「送我回去。」他虛弱地道。

「好。」

※　※　※

臟器外露的不適與痛處持續折磨著克里夫，他整個人像是熔爐，快要爆炸的感覺讓他痛不欲生。莎莉拿了大衣讓他穿上，蓋住肚子的異樣，兩人坐了計程車，回到飯店。

進到大廳，不知情的飯店人員見克里夫神色不對，過來詢問：

「克里夫先生，需要幫忙嗎？」

「不，謝了。」莎莉代替他回答，兩人到了電梯，準備返回客房。

「克里夫！」

正當克里夫和莎莉兩人走入電梯，電梯門準備合上的那一剎那，突然一個人影閃了進去，毫不留情就往克里夫的腹部揍過去，莎莉尖叫起來。

「你要做什麼？」莎莉捍衛在克里夫前面。

「讓開！」駱奇亞布滿血絲的眼睛瞪著克里夫，恨不得殺了他。

「不！」

「走開！」

「不！」莎莉堅決護著克里夫。

駱奇亞向來不打女人，可此時莎莉擋住了他，他情緒激動，對著克里夫大叫了起來：

「都是你、都是你的錯！」

「什麼？」克里夫靠著角落，虛弱地問道。

第七章　瘋狂的魔術

「都是你、都是你！」駱奇亞想要去抓他，莎莉擋在兩個男人的中間。

「發生什麼事了？」

「黛蓮死了！」

「什麼？」

克里夫還來不及反應，駱奇亞推開莎莉，衝上去抓住了他的衣領，把他提了起來！克里夫這才發現駱奇亞滿眼通紅，臉上有不少淚漬，他的情緒激動，眼白盡是血絲。

「她死了！她死了！」駱奇亞大叫。

「不！怎麼可能？」她不是才剛動完手術沒多久？而且手術明明很成功啊！

「她掉到一樓死了！」

「什麼？」克里夫大吃一驚，臉色再度蒼白。

「她掉到一樓，她死了。如果不是你的關係，她怎麼會死？」駱奇亞將這全部怪到他的身上。如果不是他來到臺灣，如果他們沒有去看他表演，如果他沒有找她上臺，如果沒有他的話——他們就能繼續過著王子與公主般的快樂生活。

「黛蓮死了？」克里夫相當震驚，他必須大口呼吸，才能平緩胸口的劇動。

「這不就是你期望的？」

「不！」莎莉衝了上來，把他們分開。在克里夫這麼虛弱的時候，讓他面對駱奇亞這個失去摯愛的男人不是明智之舉。

「讓開！」駱奇亞再度推開莎莉，兩個男人面對面。

「不，我從來沒有這麼希望。」聽到黛蓮死了，克里夫感到生命中有什麼被狠狠地抽走了，那種感覺痛徹心扉，淚水潸然滑落。

「那你為什麼把黛蓮切開，為什麼把她留在你身邊？」駱奇亞大吼著。

「我愛她，我要她，我要她永永遠遠屬於我，我要她在我身邊，但是我沒有要她死。」只有這樣子，她才能留在他身邊，才是屬於他的。

「可是她現在死了!她死了！」駱奇亞大吼著，他用力揍著克里夫，克里夫臉色一陣慘白。

這時候，電梯門開了，駱奇亞將他拉了出來，莎莉也緊跟在他們後面。

「不！不要打了！」

「如果不是你的話，她怎麼會死？」一拳又一拳的，駱奇亞將拳頭揮到他的鼻梁上，很快地，克里夫的鼻子冒出鮮血。

「喔！克里夫！克里夫！」莎莉趕緊上前，幫倒地的克里夫止血。

克里夫身上的大衣掉了下來，駱奇亞發現不對勁，定睛一看，看到一條褐色的東西露了出來。

「這是？」駱奇亞驚訝極了。

莎莉拿起大衣，想幫他把腹部蓋好，駱奇克卻把大衣撥開，把那條褐色的東西抓過來瞧。

沒錯，這是腸子，這是人類的腸子，就像一個環節似的，掛在克里夫的身上，加上他臉色難受，駱奇亞可以肯定，這一定是克里夫的，只是……在沒有洞口的肚子上，為什麼腸子會掉出來？

「這是你的腸子，是吧？」駱奇亞抓著克里夫的腸子，臉色難看。

「不！」克里夫大叫了起來。

駱奇亞像拔河似的，硬要把腸子扯出來，莎莉連忙阻止他。她上前捶打他，不斷叫著：

「住手！你會害死他的！」

「那正是我所希望的！」駱奇亞回吼道，一隻手推開莎莉，一隻手用力扯著克里夫的腸子，結果，腸子與肚皮的接口開始裂開，肚皮好似要爆破，而他的腸子正要被駱奇亞拿出來。

克里夫感到痛苦，不停喊著：

「住手！住手！啊——」

駱奇亞聽而不聞，他不斷拉扯著腸子，把腸子套在他的手中，然後用力拉扯，竟然又被他扯出了兩、三公分。

「啊！」

「放開他！我叫你放開他，聽到沒有！」莎莉見捶打無效，她只好繞到駱奇亞後面，勒住他的脖子，為了呼吸，駱奇亞只好放開克里夫，抓住莎莉的手，用力扯開，把她往旁邊一丟。

「啊！」莎莉尖聲叫道。

駱奇亞站了起來，但他無心跟莎莉周旋，他站到克里夫的面前，雙眼通紅，為了摯愛，為了冤死的黛蓮，他要報仇！

「魔術是嗎？該死的魔術！該死的魔術師！」駱奇亞抓著腸子，又往外拖了十幾公分，克里夫的肚子就像剝落的水泥牆，又裂開好幾寸，腸子混合著血水濺溼了地毯。

「不、不！」莎莉叫了起來。

駱奇亞不顧一切地狂扯著克里夫的腸子，他那痛苦的模樣，稍稍讓駱奇亞得到快感。

「住手！」克里夫護住自己的肚子，一旦腸子全被拖出來，他自己也完了。

「都是你這該死的魔術，該死的你！你為什麼要到這裡來？為什麼？」駱奇亞淒厲地叫道。

「我絕對不後悔。」儘管知道他的下場不得善終，克里夫仍不肯屈服。「至少，我得到了她，」他微笑起來，「她是我的，她一直是我的，就算必須將她切割，才能將她帶在我身邊，我也甘願這麼做。」他還是愛著她，扭曲而執著地愛著她。

聽到克里夫這麼說，駱奇亞睜大了眼睛，又憤又恨地叫了起來：

「你這個變態！」

「也許吧！哈哈！」都這個地步了，克里夫竟然還笑得出來！

「混帳！混帳！」駱奇亞更加發火，他繼續扯著腸子，人類的腸子到底有多長？他可不可以把它全部扯出來？

「不！不要傷害他！」莎莉闖進兩個男人之間，護住了克里夫，「黛蓮的死不

第七章　瘋狂的魔術

關克里夫的事！你要找的話，就來找我好了！是我叫她去跳樓的！」無畏於駱奇亞的眼神，莎莉瞪視著他。

「什麼？」

不只駱奇亞，連克里夫也相當震驚，空氣彷彿凝結了，沒想到他們的女人是被另外一個女人逼死的。

「莎莉，妳在說什麼？」克里夫不可置信地問道。

「如果不是她的話，你就不會不理我了，在她出現以前，我們多麼契合，不是嗎？」莎莉望著克里夫，憂傷地說道。

「天，莎莉，妳怎麼……」克里夫沒想到莎莉會做出這種事。

「很抱歉，克里夫，但是只有這樣，你才會把視線轉移到我身上。」莎莉一點都沒有愧疚的意思。

「但是，妳怎麼會……」

「催眠，克里夫，你還記得嗎？你說我不適合當魔術師，但是我有催眠的天賦，所以你就教了我怎麼催眠……是的，我催眠了黛蓮，叫她從樓上跳下去。」

莎莉毫不掩飾。

是啊！他怎麼忘了，莎莉擅長催眠，平常她不會使用，但現在卻害了黛蓮。

「啊！」克里夫痛苦地大叫！

「是妳，是妳……」駱奇亞走到莎莉面前，雖然他向來不對女人動粗，但將他未婚妻殺了的女人……駱奇亞伸出雙手，勒住了她的脖子！

「呀！」莎莉被他帶到牆邊！

「妳殺了她！妳殺了她！」顧不了一切，駱奇亞伸出了手，勒住了莎莉的脖子，莎莉被他勒得無法呼吸，動彈不得。

「不！咳咳……不！」

「妳殺了她！妳殺了她！」駱奇亞滿眼都是淚水，眼白盡是血絲，他的手掌收縮再收縮，就是要置她於死地。

「放手！放手……」莎莉捶著他的雙手，奈何男女天性的差異，使得她的力

第七章　瘋狂的魔術

氣不如他。

砰！

一個花瓶擊中了駱奇亞，他倒在一邊，幾欲暈厥，在朦朧中，他看到克里夫丟掉花瓶，牽著莎莉，兩人進了房間，並迅速關上門。

不顧頭上流下的血液，駱奇亞站了起來，來到門口，用力扯著門把。

「開門！開門！」他捶打著門扉，門板紋風未動，駱奇亞見狀，用腳用力一踢，仍然沒有效果。

「可惡！」

他忽然想起他帶來的東西！駱奇亞從腰際背後拿出手槍，對著門把射了兩槍，門把立刻毀壞，他推開進去——

※　　※　　※

沒有人！

駱奇亞愣住了，他明明看到他們進來的呀？怎麼會沒有人？這是什麼魔術嗎?還是障眼法?他高舉著手槍,慢慢地往裡頭走。

一步又一步,他延著牆壁慢慢走,搜尋著可藏匿的地方。

但再怎麼樣,這房間也不過一丁點大,他打開衣櫃,什麼也沒有,床底下也沒有蹤影,就連廁所,他也檢查過了。

有腳步聲!

明明房間沒其他人,他卻能聽到腳步聲,如果這又是魔術的話,他沒辦法相信自己的視覺。

駱奇亞像想到什麼,他從床上拿起被單,用力往前一拋,被單沒有落下,反而從被單裡頭聽到女人的驚疑聲,他拿起槍對著被單射了兩發子彈!

砰!砰!

被單終於落地,並沾染鮮血,從被單裡頭出現了兩個人,只見莎莉緊緊護著克里夫,她的背後有兩個窟窿,正汨汨地流出血來。她的雙眼圓睜,那雙洋娃娃般的藍色的眼眸再也不能催眠了。

第七章　瘋狂的魔術

「莎莉！不！莎莉……」見到莎莉因護他而死，克里夫不禁失聲痛哭。

看到莎莉死亡，駱奇亞並沒有感到絲毫愉悅，雖然害黛蓮墜樓的凶手已死，但是還有克里夫。

所有的事件，都是因他而起。

駱奇亞滿臉淚痕，他走向克里夫，而克里夫因為肚子受傷具甚，已經難以逃脫，他倒在地上，扶著肚子，不停地往門口移動。

「想去哪裡？」駱奇亞抓起他，雙手往他已露在外面的腸子一拉！腸子又往外移動幾尺。

「啊——」克里夫痛苦地大叫！

「會痛嗎？你還有感覺嗎？你這個玩弄虛幻魔術的人，你還有感覺嗎？」駱奇亞邊說邊拉扯，克里夫的肚子已經爆裂，腸子不斷從身體拉了出去，克里夫拚命吸著氣，才不至於讓自己昏厥過去。

「住手！」克里夫抓住自己的腸子，和駱奇亞爭奪。

「這是魔術嗎？這是克里夫偉大的魔術嗎？讓我們來看看，你失去腸子之後，還能不能再塞回去，你是世紀最偉大的魔術師，不是嗎？」駱奇亞嘲諷著，而克里夫已感到暈眩。

究竟是魔術還是現實，他已經無法掌握。

也許，他一直生存在虛與實的交界中，利用魔術在現實交會，貪婪地以為黛蓮會是屬於他的，但是他的執著，已經讓他失去他的最愛。黛蓮，就連現在，他也死於他的魔術。

他的手開始無力，眼睜睜看著駱奇亞把他的腸子拉了出去，他不斷地拉扯，似乎還有其他的東西被拖出，但他已無力去看，閉上了眼睛。

瀕臨崩潰邊緣的駱奇亞不斷地把克里夫體內的腸子拉出來，這還不夠，駱奇亞把手伸進去，除了腸子，胃、肝……所有連結的臟腑都被掏得一乾二淨，他的雙手血腥黏膩，表情殘忍至極，而他還在瘋狂地笑著，嘴裡不斷唸道：

「快啊！表演給我看，變魔術給我看！快啊！快！」

第七章　瘋狂的魔術

警察們來了的時候，看到的就是這副景象。

※　※　※

由於駱何兩家的勢力介入，這樁案件暫時壓了下來：魔術師克里夫的死亡，目前還在追查凶手；而駱奇亞因為受不了未婚妻的死亡而發瘋，被轉送到精神病院。

雙方家長故意將案件簡化為兩件毫不相關的事。

洪國政跟老陳因為職務關係，不得不到了醫院，在院方的允許下，兩人可以和駱奇亞有短暫的接觸。

「竟然要來看一個神經病，真是有夠衰的。」老陳不斷抱怨著，警方辦案，什麼地方都要去。

「我們是為工作來的。」洪國政安撫著他。

「在這種地方——好好的人也會變成神經病，你不覺得有一股怪味嗎？」

「沒有啊！」除了醫院特有的消毒味道外，洪國政並沒覺得有什麼不妥。

「算了，跟你講也不通。」老陳是個思想保守固執的中年男子，對這種地方一直很忌諱，只想早點結束案件，快點回去休息。「對了，那個沒死的魔術師，他什麼時候要被送回去？」老陳講的是契斯特，他在表演廳被人發現時，正呆滯地站在舞臺，一動也不動。

由於莎莉死了，無人能解開這深度催眠，即使請來精神科權威，契斯特依舊呆滯，連遣送回國都是個問題。

「下個月吧！」

「你不覺得很奇怪嗎？這個來臺灣表演的俄羅斯魔術團，不是死了，就是瘋了，現在連凶手也住進精神病院。難怪人家說演戲的是瘋子，看戲的是傻子。大家都瘋了！」老陳埋怨著。

「噓！你小聲一點。」洪國政示意他噤聲，好歹他們還在醫院。

「知道了啦！」

兩人經過走廊，來到了會客室，門口有警衛駐守，在他們亮過證件後，才放他們進去。

洪國政看著眼前的男人，不禁感嘆起來。

駱奇亞好歹也算是個美男子，聲勢權威如日中天，平常都是意氣飛揚，最近的照片卻是一副落魄的模樣，叫人不勝唏噓。而且他殘忍地謀殺克里夫，被警方以現行犯的名義逮補。

後天才要宣判，到時候會有什麼下場還不確定。唯一可以肯定的是，不論怎麼判，都難逃一場牢獄之災。

「駱先生？」

駱奇亞抬起頭來。

「我們……」洪國政遲疑了會，不想刺激他，「是來看你的。」

「要看魔術嗎？」駱奇亞反問，洪國政發現他手上有一副牌，而他正在洗牌，老陳和洪國政互望了一眼，洪國政點了點頭。

「好啊！」先順著他的意，等會兒再來慢慢問案吧！這件案子還有些疑點。

駱奇亞將牌洗乾淨，然後放到桌面，俐落地將牌擺整齊，並且背面朝上，他對著洪國政說：

「你選一張。」

洪國政隨便抽了一張。

「看好之後放到桌上。」

洪國政看到黑桃七，然後放到桌上。

駱奇亞看著洪國政，將他選的黑桃七拿了起來，然後撕碎，撕成小塊小塊的，接著塞到嘴巴，見狀況不對，老陳和洪國政準備上前阻止，但是已經來不及了，駱奇亞彷彿吞藥丸似的，用力一嚥，將變成碎片的黑桃七吞下肚。

「你選的是黑桃七，對不對？」

老陳和洪國政彼此望了一眼，不確定他表演的是不是真正的魔術？不過可以肯定的是，他表演的是瘋狂的魔術。

電子書購買

國家圖書館出版品預行編目資料

魔術屍 / 梅洛琳著 . -- 第一版 . -- 臺北市：崧燁文化事業有限公司 , 2021.09
面；　公分
POD 版
ISBN 978-986-516-840-7(平裝)
863.57　　110014834

魔術屍

臉書

作　　者：梅洛琳
編　　輯：柯馨婷
發 行 人：黃振庭
出 版 者：崧燁文化事業有限公司
發 行 者：崧燁文化事業有限公司
E-mail：sonbookservice@gmail.com
粉 絲 頁：https://www.facebook.com/sonbookss/
網　　址：https://sonbook.net/
地　　址：台北市中正區重慶南路一段六十一號八樓 815 室
Rm. 815, 8F., No.61, Sec. 1, Chongqing S. Rd., Zhongzheng Dist., Taipei City 100, Taiwan (R.O.C)
電　　話：(02)2370-3310　　　傳　　真：(02) 2388-1990
印　　刷：京峯彩色印刷有限公司（京峰數位）

定　　價：250 元
發行日期：2021 年 09 月第一版
◎本書以 POD 印製